公元787年，唐封疆大吏马总集诸子精华，编著成《意林》一书6卷，流传至今
意林：始于公元787年，距今1200余年

青春变形季

王宇昆
WANG
YUKUN
——著

世界不在乎
你的委屈，

只在乎
你的努力

上海文艺出版社
Shanghai Literature & Art Publishing House

图书在版编目（CIP）数据

世界不在乎你的委屈，只在乎你的努力 / 王宇昆著 . -- 上海：
上海文艺出版社，2020
ISBN 978-7-5321-7333-4

Ⅰ.①世… Ⅱ.①王… Ⅲ.①散文集－中国－当代Ⅳ.① I267

中国版本图书馆 CIP 数据核字 (2019) 第 165079 号

发 行 人：陈　徵
责任编辑：陈　蔡
主　　编：顾　平　杜普洲
丛书策划：蔡　燕
特约策划：康　宁
特约编辑：康　宁
封面设计：资　源
美术编辑：孔凡雷　李雪菲
书　　名：世界不在乎你的委屈，只在乎你的努力
作　　者：王宇昆
出　　版：上海世纪出版集团　上海文艺出版社
地　　址：上海市绍兴路 7 号　200020
发　　行：上海文艺出版社发行中心发行
　　　　　上海市绍兴路 50 号　200020　www.ewen.co
印　　刷：天津中印联印务有限公司
开　　本：880×1230　1/32
印　　张：7
字　　数：200,000
印　　次：2020 年 1 月第 1 版　2020 年 1 月第 1 次印刷
Ｉ Ｓ Ｂ Ｎ：978-7-5321-7333-4/I・5830
定　　价：39.00 元
告 读 者：如发现本书有质量问题请与印刷厂质量科联系

世界不在乎你的委屈，
只在乎你的努力

目录
CONTENTS

Part one

预见了所有艰辛，
我依然选择前行

003	成长，就是不断学着转变自己的角色
010	人生就是要去奔跑，去到达更远的地方
016	留一些空间，让自己生活在别处
024	关于未知，关于人生的下一站
031	关于二十多岁的孤独与漂泊
042	暗涌中藏一粒沙，万千背影一回眸
048	愿未来的我们，自在如少年
054	每一种生活都有它的自由和理由
061	人生中需要一些时间不问结果
073	做自己是这个世界上最美好的事情

世界不在乎你的委屈，
只在乎你的努力

目 录

Part two
孤独之前是迷茫，
孤独之后是成长

085	遗憾有时也是感知爱的一种方式
094	没有退路的我们，只能勇往直前
101	每一种活法，都值得被尊重
108	每个人都在用自己的方式，追寻自己想要的生活
116	世界的正面与反面
121	途经的那些善意
127	有时候，爱也需要距离感
134	找回小时候的那个自己
140	让生活围绕着"喜欢"的事物而奔跑
147	告别过去，是为了更好地迎接未来

世界不在乎你的委屈，
只在乎你的努力

目 录

Part three
人生总有一段路，
需要你一个人走

157　你可以把错的选择活成对的

164　青春里的阵痛

170　有的时候，世界只是提早给了我们教训

181　相信我，人生是会触底反弹的

189　成长意味着你必须去做出选择

196　其实，有人一直在默默爱着你

202　年轻人总是在第二天清晨，满血复活

210　二十二岁，我一个人在路上

预见了所有艰辛，我依然选择前行

Part one

珍惜你的才华，不用顾忌时间，大胆地去把它们展现出来，总有一天，这个世界会看见的。

成长，就是不断学着转变自己的角色

◆

01

这一路的成长，我好像变换了很多种角色，在不同的世界角落。

曾经我犹豫彷徨，惴惴不安。带着那些骄傲和渴望，一路疯狂去闯。

我的过往，在大多数人眼中都充满光的特效。

而只有我自己明白这一路的颠簸。成长，没有一帆风顺，也不是一蹴而就，成长是在无数个十字路口做完决定后，去勇敢踏实地完成那个决定。

02

最近开始听在都柏林留学时听的那些老歌,很多记忆会随着熟悉的旋律让人浮想联翩。

想起我租住的第一处位于都柏林市中心的房子,家门口有条带着缓坡的马路,马路的另外一侧则是袖珍的唐人街。在那条马路上,楼下的黑人饭店着过火,听说还发生过枪击案,很多次我一个人病恹恹地发着烧打车去看医生。

下雨的时候,整条街变得湿漉漉。深夜,也曾承载过我许多失恋失意、放纵恣睢的瞬间。

那时候我从来不去想后来的自己会怎么样,现在回头来看那时候真是人生中的一段奢侈光阴。

二十一岁,我从厦门大学毕业,对未来充满迷茫。看着身边的人,有的保研,有的进入社会找工作,有的出国,有的销声匿迹。我不知道哪种选择更适合我,那时候经常失眠,害怕面对明天一个又一个的未知问号。

决定出国留学,我下了很大的决心,我想要看看外面的世界是什么样子的。在做出这个决定之前,我甚至没有跟父母过多提及,想在一切尘埃落定的时候再告诉他们。

我的爸妈是很开明的人,在许多面临人生选择的时候,他们都给我绝对的自由。

在都柏林念书的一年多,我充分享受这里自由的时光。我努力去看更广阔的世界,努力把自己泡在研究生的自习室里。我认识了许多这辈子可能都没想过会认识的朋友,一起小组讨论,一起午夜狂欢,一起在离别的时候痛哭流涕。

在都柏林的生活充满了纪念意义。我的骨骼大概已经停止生长,掉发有些加重。幸运的是还在长痘痘,身体告诉我,哦,我至少还年轻着。

二十二岁时,我迎来了硕士毕业,又是需要做决定的时刻。做出回国这个决定后,爸妈依旧是支持我的。

即将离开都柏林的时节,我每天都在怀念,怀念刚来到这里的模样——英语很糟,总是会迷路,没有什么朋友,课堂上总是羞涩,不敢发言。

当在离别的时候回忆起这些画面,我同时惊讶于这一年带给我的巨大改变。我不再是那个畏畏缩缩的小男孩,已经很了解这座曾经陌生的城市,拥有一群好朋友,变得自信和勇敢。

或许意识到这种改变,也是更让我觉得不舍的原因。

03

回国之后,一切都像《东京女子图鉴》里演的那样,我一步步融入人海,进入办公室做一个普通的职员,同时成为一个普通人。

何为普通人呢?普通人就是当你开始直面生活的落差,会慢慢接受它,到最后习以为常。从前的我骄傲、自命不凡,觉得自己注定不是"普通人",但当再次面临这个人生的十字路口时,我又变得犹豫和不安了。

很多人都觉得我对生活有着非常清晰的规划，但实际上每当面临人生的十字路口时，我也充满了彷徨和踌躇不决。

从绝对自由到相对迷茫，我的人生兜过大弯道，接着像流星陨落，扎实地在世界的某个角落着陆了。

我二十二岁时在做的很重要的一件事，就是学着转变自己的角色，对于自我，对于这个社会，甚至对于我内心的梦想。

刚回国时，去某家著名影视公司面试，当我扬扬得意地说出自己曾经的作品时，我听见会议室里没有任何回应。我顿时有种在唱独角戏的感觉，那个瞬间我觉得是在接近自己的文学梦想，可最后遗憾的是，这家公司并没有选择我。

后来，我进入联合利华，做的是与我本科、硕士专业都相关的工作。按理来说，这依然是被身边朋友们羡慕的归属，可我内心是缺少实感的。我觉得自己像一只游乐园里的小猪佩奇气球，可爱，充满气，却少了一个小朋友用热乎乎的手掌，紧紧拉住我。

我是在做自己真正喜欢的事情吗？我常常向自己发问。

或许是吧，也或许，我在为了将来更接近真正喜欢的事物而努力，而积蓄力量。

人的一生都在不停适应着新的、不同的角色，是父母的宝贝，是学校的一名学生，是恋人依赖的另一半，是公司的一名员工……这些角色在不断塑造着我们对于自我的认知，强调着不同角色应该有的样子和相应需要担负起的责任感。

在这些不同角色之间，存在着一些感情差，或许它们是不理解、不包容，这些感情差也让我们觉得不自由，充满迷惘。但我想，正是因为这些不同的角色，我们才得以长大。

能够适应不同的角色，并在不同的人生轨迹中努力成就出色的自己，那真的是一件充满挑战又自豪的事情。

04

职场中总免不了会遇到很多烦心的事情，这些烦躁犹如冬日阳光下肉眼可见的灰尘，你想要远离，可还是避免不了在这些灰尘中央呼吸，最后打出一个喷嚏，搓搓鼻子后继续小心翼翼地呼吸。

某次下班的途中，前辈同事给我发了一句加油打气的话，她说她相信我的能力，再努把力，很快会独当一面。

那天我手里握着一个全家的饭团，看到这句话的时候，我感觉手上的饭团是暖和的。

大概变成熟，就是在遇到这些纷扰和琐事之后，频繁自省，也强制自己从不良情绪中隔离。

至少令人开心的是，我时刻在学习新的事物，处理棘手的问题时尽管进程很慢，但最终也会化解。

这些场景是我在学生时代所无法汲取的，它像是为我的人生重新开辟了新的场景，我在这个新的场景里演绎一个新版本中的自己。我需要在自己的人生轨道里，竭尽全力地去做到让自己满意，至少比过去式里的某个自己，更令人称心。

05

在上海的生活很简单,公司在郊区,蜗居在郊区,周末坐漫长的地铁去市中心体验现代生活节奏,在剩下的时刻,我一个人宅在家里,看书,用蓝牙音箱播放喜欢的音乐。

似乎这才是独立成年人的生活,我不知道这样是好是坏,只知道灵魂总在深夜里孤独。

和朋友语音聊天的时候,总渴望尽量延长时间,因为我不喜欢对话结束后那猛然袭来的安静。

爱尔兰的室友跟我视频通话,她最终决定去澳洲了,她最终发现自己无法适应东亚文化传统浸染下的生活,毅然决定出发。

某种程度上,我想为她的决策鼓掌。因为她做出了我不敢,至少在现在这个年纪所不敢的事情。

我选择了一个普通人该有的人生环节,按部就班,不能说它就是对的,也或者一定不对。只是,它代表了现阶段我能力的范围,和在这个范围内最保全的答案。

当生活的目标逐渐演变成"买房""买车""多少存款"这类东西时,我察觉到自己的普通,不过是人海中的一叶孤舟。但我也欣喜于,我在为这些现实的东西而努力着,因为人生总不能全是阳春白雪。

06

二十二岁经历的重大人生转折,让我有些失去人生的重心或者理想,但我想,这种空白仍是短暂的。

坚持能真正带给自己快乐、愉悦感和成就感的事情吧，它或许没有很大的投资回报比，至少它让灵魂感到丰盈和充足。

如果可以，我想用这一本书的时间，和你讲讲我和我的一些朋友的故事。

人生就是要去奔跑，去到达更远的地方

◆

01

在入学的第一天报到的时候，新生需要去拍照然后领取自己的学生卡，在那里我第一次遇见Andrew，他也是新生，但不是念硕士，而是在这边读社会学的博士。因为排队太过无聊，我们便有一搭没一搭地在队伍里闲聊。在聊天中知道，Andrew来自德国，在申请这边的博士之前已经工作了三年，如今的他已经三十岁了，已经拿了两个研究生的学位。

似乎是有心钻研学术这条道路，Andrew说一度以为自己不会重返校园，却没想到今天仍旧做回了学生。他说自己之前的职业虽然有着丰厚的薪水，但十分枯燥无聊，每天与各种各样的数据为伍，有的时候电脑黑屏，显示出自己的脸颊，他会去想：这真的就是他想要的生活吗？

这样的生活陷入了一板一眼，复制粘贴的困境，像是回合制的游戏，只要按照设定的次序出招，总不会失去平衡与秩序。

三十岁开始读博士，似乎也不算晚。听完他讲的，我开始算了算如果自己读完博士，大概会是多少岁。突然觉得，愿意把时间用心放在学术上的人，也需要足够大的勇气。就像我，快大学毕业的时候，就觉得自己这辈子可能不会再走进校园了，却未料到，竟然还是继续读了研究生。

那时候我的英语还不够好，跟Andrew聊天的时候磕磕绊绊，他一旦语速加快，我可能就追赶不上，听不懂他在讲什么。这个偶然遇见，似乎意味着我的世界观将变得更为广阔，接下来在国外一年的时间里，脑袋里越来越多的定式被现实给打破，越来越多的我曾经以为的不可能统统变成了可能。我自己也在一点一点被改变着，开始尝试着与自己一直不愿意承认或者相信的事物与道理进行对话。

从那次遇见Andrew之后，我们就再也没遇见过彼此。倒是临近快要毕业的时候，他突然从Facebook上给我留言，希望我能帮他完成一份问卷调查和线下访谈，这是他在做的一个研究项目。

我很乐意答应这些事情，一来是可以进行思想上的碰撞与交流，二来是可以看看对方这一年来的变化。

见面后，我们聊起彼此的近况，他说起自己最近在参与一部大学教材的编写，每天要去都柏林南边的一个出版社办公室参与讨论。他很幸运自己可以参与到这个项目，教材是关于心理学的，他为此读了很多很多的材料。

"我记得你跟我说过你在中国的时候也出版过一些作品？"采访结束后，Andrew突然问我。虽然并没有怎么跟他提起过我之前的经历，但对方能记得这个小小的细节，还是颇让我惊讶。

我说是的，有出版过一些小说和文章合集。Andrew显然很感兴趣，继续追问下去，他问我很多关于出版行业的事情，我努力向一个外国人介绍着我有限的行业知识，生怕误导了对方。

"知道吗？在国外，能够写作是一件特别难得的事情，很少有人拥有这个才华和天赋的，你是一个聪明的幸运儿。"

我摇摇头，又点点头，不知道该谦虚还是坦荡接纳这个赞美。

"我也曾经很想做一名自由的创作者，周游世界，看看这个星球上的美好，把我的见闻用文字的方式记录下来，可是我发现我的语言很苦涩，而且我不知道该如何去支配这些文字，但我很喜欢阅读。我总是羡慕那些可以把一个个文字和词汇串联成一篇华丽文章的人，他们拥有常人没有的天赋。"

看得出来Andrew是一个对写作感兴趣的人，当我在介绍自己的故事的时候，他的眼睛里泛着光，就像我听他滔滔不绝介绍着自己的专业知识时所露出的佩服的眼神。

我很庆幸，我遇到的这个人是一个喜欢阅读，对文字抱有敬畏感的人。

02

Andrew问我在国外的这一年有没有继续创作,我说偶尔会,遇到灵感的时候会把它们记录下来,想着将来可能会将这些只言片语变成一篇篇文章,用来记录我这一年的生活。

"其实我只是一个很普通的人。"在Andrew的赞美之后,我不由自主地说出了这句话。Andrew摇摇头,说我是在谦虚。

我也跟着摇摇头,我说我没有谦虚,这一年的生活让我逐渐意识到,我是一个普通人,创作或许只是上天赐予我的一份幸运。

我说我很想自己的作品被更多的人知道和阅读,为了这个目标我努力了好多年,然而似乎我仍然停在原地。我对Andrew说从前的我是一个特别骄傲的人,我的心里怀揣着巨大的梦想,我想要和周围的人不一样。但当我发现自己最终还是沿着普通人的生活轨迹,过着普通人的生活时,我逐渐明确,其实我真的只是一个普通人。

Andrew听了我的话,变得安静。

"嘿,听着,你才二十二岁,一切对于你来说都还早,你看我现在已经三十多岁了,我仍然对我的未来充满希望,我觉得一切都是可能发生的。我知道你想要被更多的人看到,但是这个前提是你拥有被别人看到的才华和基础,以及上天给予你的时机与幸运。"

大道理谁都会讲,我心里喃喃自语,我做不到像Andrew这样乐观。

"你看我已经过了三十岁,当我放弃了自己不错的工作和原来的生活时,大部分人都不看好,他们觉得我如果迈出了这一步,我的人生可能会乱了轨道。大多数人对于人生的定义都跟我们不同,所以衡量所谓的'普通'与'不普通'的权利都只在我们自己的手中。我们每个人都是普通人,只是有些人在你的标准之下成功了,所以你觉得他'不普通'而你自己很'普通'。知道吗?当你愿意施展你的才华,就像你说的你愿意接纳上天给予你的这份财富时,你就注定会变得多愁善感,会在人生的方向上苦苦寻觅自我。但是,无论如何,现在的你只是看到了这个世界的冰山一角,而且你有大把的时间,去沉入海底,去看你从未看到过的世界,走从未走过的路。我不希望你在这个年纪就开始怨天尤人,尽管我知道这很难,但是你需要给自己力量。"

我试着去站在Andrew的角度看自己,那个坐在阳光下的人似乎确实总爱皱着眉头,他总爱拿着自己和别人去比较,他的同学,他的工作伙伴,甚至他的朋友。也正是因此,他变得时常不快乐,时常患得患失。他明白,不是因为他想要的太多,而是他想要一次性收割所有的果实,一步迈到终点站。

我对Andrew说谢谢他给我讲的这些。告别之前他送了我一本书,说是他之前参与编写的一本教材,他笑着说我可能看不懂,但他送给我这本书的目的是,希望将来我出了新书,也可以从中国给他寄一本过来。

"珍惜你的才华,不用顾忌时间,大胆地去把它们展现出来,总有一天,这个世界会看见的。"这是告别前,Andrew送给我的话。

03

之前看过一篇文章,说成长就是逐渐接受自己是个普通人的过程,那时候我对文章里的道理深信不疑。我总担心如果我不赶在别人成功之前成功,那么一切对于我来说就都晚了。

但这一年的生活点滴,似乎也在改变着我的这个想法。

其实我们每个人对于"成功"和"普通"的定义都不同,这个定义可以很宏伟也可以很平淡,但是一旦这个标准是建立在别人的眼光和标准之下,那么自然在追逐它们的过程中,就会觉得疲惫不堪。

我是一个爱拿自己跟别人比较的人,无论是工作、生活还是自己的感情。但是比较来比较去,我总会发现在这里或者那个方面,自己不如别人。我想这也是我变得悲观和消极的来源。其实比较并没有错,但应该把比较变成让自己奋斗的动力,而不是停在原地自怨自艾。

更多时候,我们需要的是,和过去的自己进行比较,和时间纵向里那个在爬行和奔跑的自己去对比。

就像Andrew说的,我们还年轻,总有人会比我们跑得快站得高,更重要的是,当我们回头看的时候,会微笑着跟过去那个自己说:"你看我没有停止奔跑,而且,现在的我比你到达了更远的地方。"

其实我们每个人都是普通人,成长的目的不是最终接纳自己的普通,而是永不停息地告诉自己"我并不普通"。

留一些空间，让自己生活在别处

◆

01

在我搬进都柏林新家的第二天，我唯一的室友Lucky找我聊了整个下午的天。像是有备而来地和我这个陌生的家伙寒暄，Lucky拿了比萨和薯片，还用微波炉加热了蛋挞。

"陪我聊聊天吧。"Lucky递给我薯片的时候，眼睛笑眯眯地弯成一条线，我接过薯片的时候，微波炉恰好发出"叮"的声音。

由于昨晚搬家匆忙，除了和房东奶奶聊了一会儿天之外，我还没来得及跟这位神秘的女室友打招呼。Lucky一边嚼着薯片，一边开始自我介绍。她今年二十九岁，来自马来西亚，在都柏林一边学语言，一边打工旅游。我问她是什么时候来的都柏林，她说是半年前，我算了算和我来都柏林的日子差不多。Lucky说自己来都柏林之前是一名普普通通的办公室职员,负责帮公司做一些财务和审计的工作。

我们有一搭没一搭地聊了很久,诸如不适应都柏林多雨阴冷的天气,或者初来乍到时被这里的爱尔兰口音给弄得一头雾水。直到聊起彼此在都柏林的工作时,Lucky才忽然切入正题似的,对我讲她今天想找我聊天,其实是想找个人吐槽抱怨一下自己在都柏林的打工生活。

Lucky在都柏林的一家泰国菜餐馆打工,餐馆很小,主要以外送为主,但因为开到凌晨,所以经常成为深夜里醉汉们光顾的地方。后厨只有两个人,除了一个主厨、一个帮厨之外,负责收银台点单出单的人还要帮着炸一下薯条,做一些简单的餐食。这家小店里的主厨,经常会在心情不好的时候偷工减料,比如说一份蛋炒饭,原本满满一盘子的量,结果却只炒出来三分之二。有的时候客人没有在意,就蒙混过关。

事情的起因是主厨因为失恋,又犯了老毛病,把一份老主顾的炒饭给偷工减料只做了一半。收到餐的顾客十分不满,就去找在收银台当班的Lucky退款。因为餐点有被食用过的痕迹,所以按照餐馆里"不成文的规定",这种情况是不能退款的。然而顾客却迟迟不肯罢休,Lucky只好无奈地去和后厨的主厨商量,是否可以给这位顾客多炒一点饭,可是主厨非但不配合,还朝顾客比了中指。

这下子好了,本来想要大事化小小事化无的Lucky成了这两个人战争的牺牲品。厨师和客人起先是言语争执,后来开始互相丢东西,最后几乎要冲出去厮打在一起。Lucky的前半生中从未见过如此充满火药味的场面,她几乎是怔住了,她想要去劝架,但她的小身板显然是分量不够的。

Lucky最后实在忍无可忍,尖叫了一声说:"大不了,我自己来退你好了!"然后在痛骂两个干架的人之余,从钱包里掏出了钱把那位顾客给打发走了。看着店里面乱七八糟的场面,Lucky狠狠捶了后厨一下,嚷嚷着:"我要是被老板开除了,都怪你!"然后一边骂着对方,一边拿起抹布和扫把清理现场。

那时候已经是凌晨三点钟了。原本可以两点半就下班的Lucky最后忙到快天亮才回家。

02

Lucky给我吐槽完这个刚刚发生还热气腾腾的故事后,我不由得同情起来。同情她作为这场事故的受波及者,却还要自己收拾烂摊子。但试图脑补出当时的画面时,又忍不住觉得好笑起来。

最后变成我们两个人一起吃着比萨一起哈哈大笑起来。她说自己从来没有在餐馆里做过服务员,也从未想过自己在都柏林的打工生活会如此丰富多彩,像是带着危险系数的动作电影。

记得当时问她为什么想要来都柏林打工,她说自己就是想来国外体验一下生活。Lucky说自己大学毕业后就一直过着千篇一律的上班族生活,某一天她看过一本旅行记录的书后,忽然领悟了既然人生接下来几十年都要在上班中度过,不如在这个漫长的岁月中

Part one

预见了所有艰辛，我依然选择前行

留一些时间和空白，去做自己真正想要做的事情，去看看外面的世界，过和从前不一样的生活。

从舒适圈跳脱出来的确不是一件简单的事情。

我的脑袋里对于Lucky的印象还停留在我刚搬家那天她找我聊天时既好笑又气愤的样子，而又过了几个月之后的lucky再谈起这些事情的时候已经变得云淡风轻，尤其是当她那份餐馆打工工作中，出现了更多让她觉得无奈的事情。

或许是习惯了这种"每天都有新惊喜"的生活，Lucky变得更加从容。从前因为顾客的一句话，都可以琢磨半天的她，现在已经完全不在乎来自他人那些刁钻古怪的话语了。有的时候晚上遇见醉鬼来店里闹事，她三下五除二就可以把对方赶出去。甚至还和一些顾客成了朋友，有的时候跟Lucky一起出去逛街，她总是会被之前的顾客给认出来。按她自恋的话讲，就是全都柏林的人只要来那家泰国餐馆吃过饭，就没有不认识她的。

最让我敬佩的是，有一次我和Lucky晚上玩完回家的路上，路过了她工作的那家餐厅，恰好碰上有一个醉鬼在对着当时当班的前台说脏话，因为是刚来的新员工，所以不知道该如何招架。只见Lucky一个冲刺上去，拽着酒鬼的衣服就往外拉，酒鬼甩开她的手，两个人互骂起来，Lucky的语速之快像是说rap一样，也不知道她用了什么方法，几分钟后，那个酒鬼就拿着空酒瓶子尴尬地离开了店里。

我们问Lucky到底对那个酒鬼说了什么，竟然让对方这么听话，乖乖地就走了。Lucky说这是她的秘密，死活不告诉我们。

这件事之后，让我对Lucky忽然产生了一种对侠女的崇拜感，我问她喜欢这样的生活吗，她说要放在以前，知道自己可能会面临这样的工作生活，她打死也不会在来爱尔兰的申请表上打钩，但正因为她来了，在未知之中体验到了不一样的东西，所以她并不后悔，更觉得自己是做了正确的选择。

记得Lucky对我说过一句话，她说："在漂亮的写字楼里看着屏幕，文档里都是些无聊的数字，所以是时候来异国他乡练习练习吵架的本事了。毕竟总用一种方式和心态去生活，总归会变得厌倦的。"

这句话虽然是浅显易懂的道理，但我想包括我在内，很多人都一直不敢踏出第一步，离开那重复的单一的过去。

03

我一直觉得年轻的时候，应该留一些空间去感受生活的本质。在这个感受的过程中，不掺杂任何复杂的东西，不带着目的，只是单纯地去感受，去体验原本生活中所不存在的事物。

关于这一点，我想起自己之前在面试时认识的一个姑娘。当时我们一起去一家互联网公司面试，一整天的过五关斩六将之后，只剩下我们两个人成为那个岗位的最终候选人。

最终面试的环节除了一对一之外，还有一个细节就是我们两个人和面试官们一起聊天。当时面试官问了这样一个问题，问我们有没有过自己主动离开舒适圈，去做自己从未做过的事情的故事。

当时是那位姑娘先发言的,她讲了自己去西藏地区拍摄纪录片的故事。

她说大三那年,她选择休学一年,跟着一个北京的专门拍纪录片的团队去西藏地区拍了一部关于藏族同胞的纪录片。

当时这个纪录片团队对外发布了招募公告,起初报名的人不少,但在一场宣讲会之后,仍愿意参加的人只有寥寥两个人。原因是,在那场宣讲会上,纪录片团队播放了一点幕后花絮,讲述了在拍摄关于西藏地区的第一部纪录片时,大家曾面临的高海拔缺氧,还被感染传染性疾病的事情。其他人都被吓走了,唯独只剩下这个姑娘还有另一个小伙子。

休学一年去西藏地区拍纪录片这件事情,姑娘并没有征得家里人的同意,为此还和父母吵了架。但最后父母选择了妥协,理由是姑娘说想去看一看自己视野中从未真实出现过的世界,那个只出现在课本和影像中的世界。

"现在是有资本去浪费时间的年纪,我害怕自己将来会失去这样给生命留白的勇气。"

这是面试时她讲的一句话,我默默地记在了我当时的笔记本上。

后来姑娘和那个小伙子跟着团队出发了,在拍摄最重要镜头的那天早晨,姑娘和小伙子不小心受伤了,工作人员都建议他们赶快下山去救助点急救,姑娘和小伙子当时非常恐慌,担心会危及自己的性命。

可就在准备下山的时候，姑娘却临时放弃了，她选择了继续留在山上拍摄。

面试官们都不解地问姑娘原因。

姑娘说因为当时团队里可以协助拍摄的就只有她和小伙子两个人，如果两个人都下山，意味着这个镜头可能就无法顺利地取到。要知道他们整个团队为了等到这个镜头，花了快半个月的时间，她不想让这样一个重要的时机错失。

她说这不是个人利益和集体利益的角斗，而是她不想错过这个对于她而言前所未有的时刻，她希望自己的生命里将来有一段非常隆重而深省的记忆是属于此刻的。于是怀着这样的坚决，她留了下来。当然幸运的是，在取景结束后，姑娘下山也得到了顺利的救助，对身体没有造成严重的影响。

这个面试时无意听到的故事，成了一直感动和鼓舞我的存在。最后单人面试的时候，面试官问我，如果要留下一个人，你会选择自己还是选择那个女生。我的答案是，我更希望留下的是那个女孩子。

不是谦虚也不是因为其他，而只是单纯地因为我从那个故事里感受到了更广阔的人生态度，也明白她或许比我更适合那个岗位。

04

这两个朋友的故事一直都对我产生着很深刻的影响，不仅仅是因为她们的勇敢和坚决让她们去体验到了和自己以往人生不一样的东西，更是因为她们愿意真诚地去给自己的生活留一些空间。

当我们愿意把这些空间去体验在别处的生活时，我们的人生也会变得更宽阔。就像那个最初胆战心惊，如今却可以心平气和应对所有突发状况的Lucky。生活从来不会为我们关上去寻找无限可能性的大门，在我们原有的视线之外也藏着更大更精彩的世界。

有时候停下来并不是一件坏事，因为我们只是选择了在另一个时空里，去做另一些有意义的事情，在别处的生活里发现另一种自我。或许当我们在体验过后，会明白原来相比在固有的生活中闷着头向前冲，更重要的是学着去给生命留白的时刻。

我想，我们每个人都不愿意接受那一成不变的生活。

关于未知，关于人生的下一站

◆

01

彼时，是在同伴朋友家吃到了一生难忘的苹果派，在正值圣诞期间的捷克，我沾朋友的光，去拜访她家。这个头戴大花的姑娘来我就读的学校做交换生，朋友和她因为都懂摩斯密码而相识。在姑娘家，她一家子热情地招待了我们，我矜持着不好意思吃，倒是最后的甜点环节，我被这个味道甜美的派给打动了。

捷克的建筑似乎别具一格，但又有着说不出来的相似性。我没有做多少攻略便直接上路，寻觅一丝关于城市浪漫的气息。我们住在一个狭小的房间里，抵达的第一个晚上，我恰好赶上一个工作面试。没有带电脑的我，竟然发现旅馆里有一台破旧的台式电脑。颇具有纪念意义的第一个晚上,我在布拉格完成线上面试题。

某个下午,我一个人出发,留给同伴和朋友单独相处的时间。没有目的,去爬了城市某处的山,然后坐城市轨道回住处,期间还买了当地的特色小吃。我坐在列车上,随着缓缓的车速看外面的世界,这个城市里里外外透着古朴的气息,满是涂鸦,却又有它静谧的美丽。

那时候,我还不知道自己在未来的这一年里,即将踏上更远的旅程,去看更多的国家。冲进脑海里的是,觉得这个世界好酷好安静,这个世界里的我非常幸运。

我不记得这里的名字,只记得靠近那个著名的景点"会跳舞的房子",沿着它一路走下来,便可以看见湖畔的白鹅,还有桥洞下面那斑斓的房屋。在黄昏时刻,沿着这里走,会看到有情侣们在遛狗,也会有一家人出行。

当时我就静静走在朋友和那位布拉格姑娘的身后,看着风景里的她们,成为我眼中的风景。这一刻是万分美好的,就像寒夜里在布拉格集市上遇到的红酒与香肠一样温暖幸福。

布拉格还有很多没有被我看到或者被发现的角落,但不知道为什么这个城市甚至这个国家在我脑海里是带着颜色的具象。它拥有古朴的黄昏、新潮的灵魂,还有诸多美丽或者不美丽的爱情。当然,还有属于我的第一次走进当地居民家中的奇妙经历。

似乎也是从这个国家开始,我独自上路的胆量越发大了。无论是一个人上路,还是和自己喜欢的人,相信我,在这里总会产生新的故事,因为这个城市本身就是灵感。

02

依旧是圣诞的当口,我来到了德国。

首都柏林有着各式各样的圣诞集市,我和朋友穿梭其中。我收起发光的手机屏幕,看见彼此相拥的他们。像极了花花世界旁边的一处湖泊,静谧又祥和。他们看着前面飞驰着的游乐设施,想必在耳鬓厮磨着什么,而站在他们身后的我,将这一刻变成了独一无二难以忘怀的风景。

我的眼眶里是幸福,还是孤独,我记不清了。我想,或许在游乐场那个飞驰着的车厢里,装着他们的小宝贝,或者他们对未来的某种期许。

白天的我坐着公交在市区旅游景点间穿梭,去了各式各样的广场。旅途中我喜欢坐在二层巴士靠车尾的位置,然后头侧向一方,看外面清净的风景。

车厢内用德语播报我听不懂的到站信息,我看着窗外行人们穿过马路。柏林这座城市是冷色调的,尤其是冬日的清晨。我不知不觉喜欢上这种清冷,和经久的羽绒服露出来的绒毛一样,轻轻巧巧承住光的重量,然后微不足道地浮现在我往日的回忆里。

我在柏林墙那里的纪念馆待了很久,虽然对于受难者的肖像分辨不清,但我还是很享受踱步的时刻。我没有在那处很著名的涂鸦前合影,而是看着游客们拿起手机留下对这处风景的敬仰。我静静地待在那里,看了许久。依旧是雾气萦绕的一天,身体感知到冰冷。

柏林这座城市,每个角落里都似乎渲染着一些艺术感。身体奔波的同时,视线也在奔跑,于是发现了狭窄墙缝里的雕塑,发现了墙壁里的涂鸦,也发现了我充满欲望的灵魂。

你若问我,我的灵魂里藏着何种欲望。

我想应该是雨过山丘的自由,也是那寒冷相拥的温暖。

离开柏林的清晨,我在酒店对面的面包店喝了咖啡,还吹风机的时候,前台小哥冲我笑了笑,他问我下一站是哪里。

我摇摇头,并不知道。但我想,飞机起飞、列车加速之时,便是下一站的开始。

03

下一站不仅仅是未知的,当然也可能是孤独的。

除了旅行的时候,有时候想想自己只身一人来到遥远的欧洲大陆求学,其实也是在探索人生未知的下一站。

来到都柏林读书快一个月后,才惊觉在国内念大学的时光简直犹如天堂。

一节课四十五分钟,即使偶尔走神也没关系,课下的作业时有时无,考试也简单,只要稍微努力,总会过的。

而这里截然不同,一节课长达三个小时,只在中间给十几分钟的休息时间,对于像我们这种出国念书不久的同学而言,就意味着你要在很漫长的一段时间里,保持着高度集中的注意力,要像小兔子一样时刻把耳朵提起来,因为你稍微一走神,可能就不知道老师在讲什么了。

有的时候会羡慕那些外国同学，可以很自信流利地在课堂上跟老师交流，起码同学们在抖某个外国人都听过的笑话包袱的时候，也可以跟着哈哈大笑，而不是一脸茫然和苦涩。

当我意识到就算自己雅思成绩通过，面对学术课堂依然有着难以言说的压力时，会开始怀念过去那些习以为常的生活状态，也会自责当初太过天真，这里的难与苦是自己之前从未预料到的。

生活大多被学业占据，有一次一整天跑了三个小组讨论，全天最后一节课刚结束，也顾不上吃晚饭便跟着组员开始分工讨论，这个小组讨论刚结束，立马又抱着电脑背着书包赶去另一个小组。我们从下午一直讨论到深夜，一帮人拿着笔在会议室的白板上写写画画，上个方案不合适便全部推翻重新想。期间实在饿得不行了，才下楼去便利店买点东西，热食那个柜子里只剩下一个孤零零的烤吐司，面包本身已经失去水分，但除了它便也没了别的选择。

讨论结束后已经是晚上十点多，我们还不是整个商学院教学楼走得最晚的小组。小组里的同伴看了看时间，惊讶地跟我说，我们竟然足足讨论了六个小时。

我苦笑，安慰着说"万事开头难"。

大多数时候，十一点才到家的我，已经来不及做饭了，只好去中餐馆打包晚餐，进到店里发现人家刚好只剩最后一盒饭的时候，感到一丝庆幸。

老板娘问我为什么这么晚才吃饭，我说因为放学后小组讨论到太晚，没想到对方竟然帮我多打包了一份小菜，她把餐食递给我的时候，我的身体里滋生一股暖意，除了单薄的感谢外真的不知道该说些什么做些什么，只好从钱包里拿出一枚硬币当作小费。

这种不经意间的温暖，真的可以直击你的内心。

04

看不完的书，即使昏昏欲睡也要强忍着听下去的课堂，永远讨论不完的小组作业，还有那细细碎碎的生活，以及生活中那不知道是愤懑还是温暖的无数个下一秒，一点一点编织出了所谓"舒适圈"之外的生活。

"没办法，这是我的选择。"在无数个有点畏缩的时刻，我都会对自己重复这句话。

当你在这个陌生的时空里渐渐明白了"活在当下"的重要性时，真的会发觉，原来有些自己在乎到斤斤计较的东西，渐渐变得没那么重要了。

我想这或许算是对"寻找更多未知、更多可能性"的一种解释吧。

有时候一早醒来，看着窗外灰蒙蒙的天空里飞过的鸽子，总觉得自己活在幻境中。但我还是掐着时间起床洗漱，匆匆地吃完早餐，收拾好书包，疾行在去学校的路上。

我看着周围陌生的肤色与陌生的面孔，听着陌生的语言。

或许这最后短暂的学生生涯，其实不是一个逃避或是寻欢的寓所，而是等待着我去发现一个真实的却被忽略已久的自我。

真的,我不后悔我的失去,也欣然接受接下来所有的未知,因为我知道人生之旅,有着无数的下一站,而每次抵达"下一站"之时,既是与尘埃落定的过去挥手告别,也是张开双臂去迎接新的未来。

关于二十多岁的孤独与漂泊

◆

01

我租住的第一个房子在都柏林市中心,窗子背阴,阳光通常需要折射到对面的墙上,才能延伸进我的房间里。都柏林时常会有阴雨天气,所以一旦下雨,房间的阴沉则会让整个人失去力气。

雨天适合睡觉,可是我在床上翻来覆去还是睡不着。

所以这种被我称为"黑暗"的时刻,常常需要一头扎进图书馆来消解。我会在图书馆里待很久很久,然后去健身房,最后在夜色中回家,有的时候一整天不会跟别人讲一句话,也没有机会讲,只是走自己的路,吃自己的午餐。无人过问,也懒得去赢得什么关注。

我总能在冥冥之中有一种感觉，那感觉便是孤独。

记得有一天在图书馆赶论文，离开的时候已经凌晨一点了。我饿得肚子痛，必须要吃一点东西来缓解，可当我想到家里的冰箱里什么都没有的时候，我只好去街上的快餐食品店觅食。令人惊讶的是，所有的肯德基、麦当劳、汉堡王全都排着长长的队伍。

最后，是我家楼下的那家土耳其快餐店拯救了我深夜里干瘪的灵魂。我是那家店在准备打烊前的最后一位客人，我对负责点单的土耳其小伙说，我真的要饿死了，麻烦给我做一份食物。他竟然亲自去帮我炸了鸡翅，还做了汉堡。接过食物的那一刻，我仿佛又活过来了，给了他一欧元的小费，临走的时候他祝我有一个愉快的夜晚。

回到家甚至连手都顾不上洗，坐在地毯上我便开始吃起来。深夜里一个人吃炸鸡，罪恶的热量从嘴巴进入肚子里，但心里是满到要溢出来的幸福。

这是我一个人生活的现状，经常会忙到顾不上吃午餐或者早餐，在睡眼惺忪中赶路去教室，时常小组讨论到晚上九点，然后拖着疲惫的身体回家。

有时候也会想，如果每当自己结束疲惫的一天时，有个人可以从手机屏幕的那一端传来一句问候的话，该多好啊！然而事实是，每天到家推开门的那一刹那，是空荡荡的房间，夜色低沉，没有留灯的人，开灯的人是我自己。

我只是还没有适应孤独。

02

二十多岁的年轻人，孤独的生活是常态。大多数的孤独，也大概是因为生活没有找到填补的东西。

可需要有人陪的时候，也不能去麻烦朋友。别人有自己的生活，不能因为感到孤独便企图去打扰别人的生活。所以，除了偶尔会约朋友一起去酒吧聊天、看场电影，大多数孤独的时刻还是交给自己处理。

我想我必须学会孤独地生活。

我练就了冬日迅速夜归的本领，就算在图书馆待到深夜，也可以快步回家。我学会了烹饪更多种类的菜肴，买菜洗菜炒菜一整套流程下来，一个周末的下午就溜走了。我也更加珍惜和朋友们相处的时光，会真正享受每一次和朋友们在一起的瞬间，因为我知道，这种时刻会伴随着大家一个个回国而越来越少。我开始世界各地到处去旅游，法国瑞士意大利，荷兰挪威土耳其，常常是一个人买了票就背着包出发。

其实别看我二十多岁了，但我还没有正式地谈过一次恋爱。我总说自己单身了二十多年，孤独了二十多年，但其实过得蛮不错的。

这不是借口，也不是自我安慰。当我在希腊的圣托里尼看见漫天的繁星，当撒哈拉沙漠的沙子穿过我的手心脚心，当荷兰风车村的万千风车出现在我的眼前时，我意识到我在这个世界面前的渺小。

很多留学生在出国后的第一件事就是谈恋爱，从某种角度理解，这也是在寻找一种安全感的来源。在我刚到爱尔兰的前三个月，过着极度不适应的生活，我不喜欢这里的白昼极长、黑夜极短，不喜欢这里的天气，不喜欢这里的种种。

但三个月之后，我发现自己可以熟练地应对多阴雨的天气后，我意识到，我逐渐适应了这里。

所以，适应孤独，学会与孤独相处也需要一个过程。我们需要去战胜一个人时的空虚，去面对那扇狭小的窗户里透射出来的微弱阳光。

03

也曾有过离爱情最近的瞬间，但是我们没能走到最后。

那段时间，我的朋友们估计要被我烦死了，因为我的话题终日离不开我失败的感情。我是一个有点爱钻牛角尖的人，常常陷进去就很难走出来。后来，朋友跟我说，或许从失败的感情中走出来的最好方式，就是一个人上路，来一场说走就走的旅行。

于是，在这句话的影响下，我一个人买了去土耳其的往返机票，开始了我人生中第一次独自出发的旅行。

孤单的另一面写着的是自由，或许正是因为这一场旅行，让我体会到了任由自己释放的自由，是我开始学会享受孤独的开端。

在壮观绚丽的风景面前，我会去想，我一定要好好收藏这些风景。所以我都会戴着耳机，在最适宜的背景音乐下用眼睛记住当下的景色。我想要将这些风景不仅仅记录在我的手机相册里，更多的是在我的青春岁月里。我会想，等到将来，我真的遇到了某个人，我一定要把我曾经走过的路、看过的风景一一分享给对方。

从适应孤独，到享受孤独，这一趟旅程教会了我许多。在那里我认识了很多当地朋友，他们带我去吃最正宗的土耳其烤肉，喝土耳其咖啡。我还认识了一只很可爱的小狗，它的名字叫作Sasha。

孤独究竟是什么呢？是一个人吃饭，一个人看电影，一个人去看病……当你经历过这些后，你就会发现其实这并没有什么，当你真正迈出第一步，一个人沉浸于美食，拿着电影票被屏幕中的剧情吸引，聚精会神听着医生帮你诊断病情的时候，你会发现就算一个人也可以过得很好，享受每一个当下。

我依旧会羡慕那些有人陪伴左右的画面，但我不会再抱着强烈的渴望要找到某个人。我只是留存一些希望在心里，当我真正遇到这个人的时候，可以不急不躁不慌不忙地去迎接对方。

深夜里一个人吃炸鸡的时候最孤独，但相比孤独，嘴巴里的炸鸡仍旧让我感到幸福。

04

关于二十多岁时对于"孤独"的理解，我在一位朋友身上看到了另一种答案。

我其实不知道天空的真实姓名，只知道她的英文名翻译过来就是天空的意思，所以我总是呼唤她的英文名。天空来自中国台湾，今年二十九岁，但是本人长得十分稚嫩娇小，以至于第一次听她讲自己明年就要过三十岁生日的时候，我竟然不敢相信。

二十九岁的天空，至今没有结婚，有过几段恋爱经历。我问她在这里有没有遇到新的恋情，她摸了下鼻子，说在她住的小区的亚洲超市里有一位收银员，她很喜欢那个男生，但是那个男生似乎对她没有任何感觉。

"谁叫我一把年纪了，小鲜肉怎么会喜欢我这样的大姐姐？"天空总是会用"一把年纪"来形容自己，眼睛里经常藏着对"年轻"这个概念的羡慕与怀念。

她清楚地记得那个收银员男孩上班的时间，上午十点到下午九点，周一到周三，偶尔周日也会看见他。天空每次都会卡着男孩上班的时间去那家超市买东西。因为周四到周六男孩不会上班，所以购物清单里的东西往往会攒到周日或者下周一购买。这样别有用心地策划每一次和男孩的遇见，虽然只有几分钟的结账时间，但天空会因为那个男生的一个微笑而高兴一整天。

曾经试图去问对方有没有女朋友，对方挠挠头说"单身"的时候，天空心里像是瞬间桃花开满整片庄园。

天空是一个对感情非常主动的人，遇见自己喜欢的人，便会勇敢地迈出一步，她很果断，这样的个性让她收获了很多美好的回忆，也吃了一些苦头。

天空很直白地约男孩出来，男孩很爽快地答应。似乎两个人都有一种默契：就算没有结果，当朋友也不错。第一次见面，天空和男孩去了一个公园，天空带了一些自己做的三明治，他们就坐在草地上享用，偶尔会掰一些面包喂给池边的鸭子们。

天空在男孩的身上能找到一种校园恋爱的感觉，安静美好。但第一次见面，天空也似乎能感觉到那个男生对她并不来电。天空把原因归结为还不了解彼此，加之第一次见面总会害羞。

天空对于自己认准的事情总有一股执着劲儿，尤其是在感情方面。当她认准了自己喜欢这个男孩子时，便奋不顾身地靠近对方。

05

然而并不是所有的奋不顾身都会有自己想要的结果。

那天下雨，天空叫我去她家吃晚餐，她开了一瓶白葡萄酒，酒喝到一半，她突然停下筷子跟我讲，在她追了这个男孩快三个月后，她终于决定表白了。

"也该表白了，毕竟都忙活了那么久。"我也放下酒杯，准备听天空的故事。

天空叹了口气："可是他拒绝了我。"

我问天空原因是什么，她说男孩说自己还没有做好谈恋爱的准备，但天空感觉得出来，其实是因为他不喜欢自己，所以不过是找了一个不那么伤害对方的理由。

我在脑袋里开始迅速检索安慰天空的话，但天空突然打住了我。

"别试图安慰我，我已经身经百战了，这不算什么，要是我火力全开，拿下他不在话下。"天空说完，把酒一饮而尽，喝酒会上头的她，面颊泛起红晕。

按照天空的个性，这一次被拒绝并不是大的噩耗，反而让她越挫越勇。如果放在我身上,遭到拒绝的当下便基本上决定放弃了。我对天空说我很佩服她对爱情的执着,这种精神放在现在这个一切都讲究快速、讲究稳准狠的时代,真的很可贵。

"你看这个世界上有几十亿人口,能碰上自己喜欢的人的概率太小了。我也曾经有过矜持的年纪,总觉得自己不应该是先说出口的那个,可是这样反而让双方都陷入互相猜测的境地。现在能遇到自己喜欢的人,我真的不想再因为那些假矜持而错失了。"

天空不但没有悲伤,反而跟我说起她接下来的计划。看着一个人为了追求爱情而努力的样子,突然觉得温暖又可爱。

"喜欢一个人的能力很重要,但是愿意主动去喜欢一个人的能力就更珍贵了。"这是天空的一句真理,她总说我这个年纪肯定还不懂,只有活到她这个岁数,面临人生转折点的时候,才会幡然醒悟。

06

到最后天空还是没能成功。

她决定彻底放弃的原因,是她在街上看到了那个男孩牵着另一个女孩的手。那个女孩比她年轻,比她长得漂亮,穿衣风格也是只有小女生可以驾驭的那种。那天,天空尾随了两个人很久,她小心翼翼地跟在后面,时不时还要注意对方是否发现了自己。

最后男孩和女孩回了家,天空就坐在马路边的公交站牌下面,待了许久。她看着一辆又一辆公交车载着一群又一群夜归人回到自己的家里。那一刻,谈不上悲伤,但到底是失落的。她的心里突然萌生了一种感觉，她也想回家了。

天空忘记自己等待了多久，等到大概是最后一辆公交车离开后，再也没有新的开过来，她才意识到那是末班车，她看了眼手表，已经快凌晨两点了。

天空开玩笑说，没想到签证快要到期的时候，恰好也是自己失恋的时候。那个月之后，天空只有最后的两个月签证有效期，之后便要离开这个国家了。

我问她接下来有没有什么计划，她说恋爱是不可能了，可能真的要缓一阵子。

她说自己一直在漂泊，全世界地漂泊。虽然感情是起因，但不过是一个借口。她始终在寻找一种最适合自己的生活方式，然后在那个方式里最好还有一个最适合她的他。

她记得她最刻骨铭心的一段感情，对方是一个旅行纪录片的导演，工作的内容就是全世界到处跑。他对她说，只有看到这个世界的广阔，才能意识到人个体的渺小。只有触及这个世界的光怪陆离，才能找到真正的自己，和自己真正想要的归属。

似乎是受到了这样的启发，当年只有二十二岁的天空，辞掉了医院的稳定工作，开始了在这个蔚蓝星球上的漂泊，到现在她已经去过二十多个国家了。

"你觉得你人生真正的归宿会是什么呢？"我曾很认真地问过天空这个问题。

她摇摇头说："我认识一个女企业家朋友，四十岁那年才结婚,二十多岁的她的世界里只有拼命工作,她从一个小职员做到大中华区的总负责人,事业成功的那一年她三十岁,但是直到她四十岁,才遇到真正属于她的感情。她对我说,或许对于事业来说,她活明白了,但对于感情来说,她仍旧是个牙牙学语的小孩子。"

"或许我人生真正的归宿,就是我真正把生活和人生的每面都活明白。当某天想要安定下来,或许也就是真的活明白了。"天空笑了笑。

彼时的我,其实并不懂天空的那些道理背后藏着多少厚重的过往,但我能体会的是,她似乎也在经历着某个人生中充满未知的过渡点。

或许未来的我,也会经历同样的时刻,寻求人生的久违的平衡点,对万象的大彻大悟,对过往的释怀。

失败的感情对于天空来说真的那么重要吗?并不然,她只是想体会自己用心追求并获得反馈的过程,按照她的话讲,这是在企图体会自我,与真实的自己交流。

07

后来有一天,天空告诉我她的下一站是新西兰,她准备去那里继续她一边打工一边享受生活的江湖漂泊。

"三十岁前才有资格申请这个签证的,不然我就没机会了。"

启程时间是明年春天,天空说这期间可能会回趟家,看看自己的爸妈,然后出发去新西兰。她一边说着计划,一边畅想着自己在新西兰牧场里与牛羊为伍的生活,脸上是幸福的光芒。

我对天空说,接下来又是未知的新旅程了。天空冲我挤了下眼睛,说希望在那里可以遇见自己将来的老公。

这纷繁的世界,总有无数的人在启程,又有无数的人在归程。天空只是这茫茫人海中的一个,你我又何尝不是呢?

人生这一遭的意义,按照天空的话来讲,或许就是真正"活明白"前的那段漫长的蛰伏期吧,在羽翼未丰的时候接受种种磨练,在人海中漂泊,在爱与被爱之间游转,放下自我,又拾起自我。

二十多岁的我们,其实有着相似的烦恼。害怕孤独,又难以享受孤独,想要与孤独和解,但是郁郁寡欢。遇见过很多人,也喜欢过某个人,爱而不得,爱得疲惫,其实这些都是常态。

这个年纪的孤独、无助、漂泊、迷惘……无数的烦恼钩织成一件瑰丽的衣裳,当我们穿上它的时候,我们便是在青春之中穿梭。其实有的时候,没必要畏惧这些烦恼。要相信,你现在碰见的问题,不过是每一个人在相似路口,所遇见的同样的难题。

我想,这也是二十多岁,我们努力奔向远方的意义。

暗涌中藏一粒沙，万千背影一回眸

◆

01

1937图书馆是我在爱尔兰念书时，研究生专属的图书馆，第一次见到Rachel就是在1937图书馆的地下打印室。当时，我在电脑前来来回回折腾了十几分钟也没有搞清楚如何使用学校的打印系统，左顾右看想找个人帮忙，整间打印室却只有我和她两个人。那时候英语不怎么好，加上我又很羞涩，所以不知道该怎么开口向她寻求帮助。她大概是看穿了我的尴尬，很热心地主动帮助了我，看着她轻而易举就帮我搞定的时候，觉得自己真的像个傻瓜。

感谢她愿意伸出援助之手的时候，瞥见她在读雨果的《九三年》，很陈旧的一本书，电脑屏幕上是一篇论文，我猜想她大概是看论文看得疲倦了，所以看会儿书放松下。

打印机里的纸伴随着印刷声一张一张被推出来，瞬间破坏了这里原本安静的氛围。就在这个充满纸墨气息的时刻，我跟她聊了起来。

原来她也在这所大学里读书，读的文学专业的研究生，这个专业是学校最古老的王牌专业之一，每年能申请上的人寥寥无几。

我对她说我大学的时候也读的文学，不过是中国文学，她立刻眼睛发亮，开始跟我讲她看过莫言的书，她特别喜欢中国文学。

02

后来去学校的小超市充交通卡的时候，我又一次碰见了她。

也是在这次巧遇之后，我才真正记住她的名字，Rachel。

记得那是个中午，我结束课程后去校园里的那个小超市里充钱，在我跟收银员小姐说要充值多少钱时，恰好看见了在挑香蕉的Rachel。我一眼认出她，然后上前问候，然而尴尬的是，在说完"hey"的那一秒后，我却发现自己并没有记住她的名字，只好匆匆地掩盖过去，可她却记得我的名字，还特别俏皮地问我现在是不是已经对打印机很熟练了。

我要忙着赶去写论文，便又像上次告别的场景一般，热情地对她说了再见。我去自习室，Rachel留在这里等她一个朋友。然而就在我坐在图书馆写了一会儿论文后，一摸口袋才猛然意识到我的交通卡不见了，我在安静的自习室里找了许久，都没有找到这张工本费巨贵的小卡片。有多贵呢？可以顶我两三天的伙食费了。

我跑回那个小超市，问店员有没有见到一张卡片，看到店员冲我摇摇头，我觉得自己真的倒霉透了，刚来念书没多久，就把很重要的交通卡给弄丢了。

就在我准备第二天去补办交通卡的时候，我在Facebook上收到了一个好友申请，我点开头像一看，发现这个人就是Rachel。

她给我发消息，说捡到了我的交通卡，然后拍了张我的交通卡的照片给我。她说那天我走得太急了，她追出去想要把卡给我，却没找到我，后来试了很多种办法，都没能联系到我，最后意外地发现我们在同一个Facebook国际留学生小组，于是终于找到我。

那一刻我又激动又感动，激动是因为我不需要花那个冤枉钱再去补办新卡，感动是因为我没有想到Rachel竟然为了这样一件对于她来说甚微的事情，去努力找到我。屏幕这一边的我，内心升腾起暖意，觉得自己特别幸运，可以认识一个这样善良的朋友。

为了感谢她，我说要请她去酒吧喝酒。

03

最后约定好时间，我们去了都柏林那条横穿城市的Liffy河边的一个小酒吧，我们在楼上找了一个位置聊天。

我们彼此介绍着自己的经历，也是从这一天起，我脑海中关于Rachel的画像才真正清晰起来。

Rachel的妈妈是越南人，跟一个黑皮肤的外国男人结了婚，生下她和两个姐姐。她的父亲是个酒鬼，经常在酒后打她的妈妈还有她的姐姐们。父母后来离婚，她的妈妈带着两个姐姐去了英国，唯独留下她在越南，陪伴她长大的只有年迈的外公。

因为她长得实在不像一个越南人，所以从小到大受尽了嘲讽和孤立，大家会耻笑她的自来卷和她那黑色的皮肤，更多时候，她被直接视作异类。虽然她说这些的时候，云淡风轻，更像是以一种开放的心态诉说自己有点难忍的成长史，可我还是察觉到了她的内心受到过这些经历的伤害，而且这伤害是很难彻底释怀的。

初中毕业后，外公去世，她的妈妈终于决定把她接来英国。

"就算一家人都没有身份，但在一起也有安全感。" Rachel说完这句话后，将杯子里的酒一口气喝干净，楼下的舞池终于热闹起来，我们的声音时而被聒噪的音乐吞噬。

刚满十四岁的她满怀着与家人团聚的欣喜之情上了路，然而现实却没能如预想般一帆风顺。刚到英国的她，不知道怎么阴差阳错地被判定成"因为非法目的而入境"，十年之内Rachel不得再次入境。远方的故土无依无靠，意味着她将无法回去，而拥有亲人的他乡，却向自己关上了大门。

Rachel提及这段往事的时候，仍旧一副云淡风轻的面容，甚至还笑了笑，对我说："想不到我这么普普通通一个人，竟然会经历那种电影似的人生剧情吧？"

我尽力想让自己去感同身受，去压抑自己内心无法被准确描述的惊异与同情。

但我知道，即便我再努力，我还是没有办法真正拥有和她一模一样的知觉和感情，因为那些过往经历里的主人公不是我。但我仍旧是愿意去认真聆听的,像是伏在沙上,去听地下的回响。这是世界在通过Rachel的故事,给予我回音。

04

这是Rachel在都柏林的第八年,她选择了离英国最近的地方,眺望着亲人的方向,在这片无依无靠的土地上飘荡。

母亲和姐姐们会支付她的学费,生活费则由她打工赚来。一边念书一边在各式各样的打工场所之间流转,构成了她从十四岁开始到现在的生活。

她给我讲了她最初在餐馆做收银员的时候,遇见一些酒鬼大晚上醉醺醺地直接呕吐在她的收银台上,还特别可恶地冲她骂着脏话,那时候英语也不好的她,根本不知道该怎么有力地反驳,只能一个人躲在后厨里掉眼泪。

我们聊了很久很久,到最后我不愿意再分享自己相比之下安然无恙、幸福安康的童年生活,因为每说一句似乎都变成了一种伤害。

Rachel说她很想念自己的妈妈,她的梦想是有朝一日可以待在她的身边陪伴她。

距离这个梦想的实现,终于只剩两年时间了。

05

那晚在回去的路上,过马路的时候,Liffy河岸灯火通明,十二点多还有人朝着各式各样的酒吧涌去,红灯结束,汹涌的人群彼此交错,我像被裹挟在暗涌中的一粒沙子,迎着无数陌生的面孔,又送走百千的背影。

或许这就是这个世界的奇妙之处,有的人在二十多岁过着安逸无束的生活,有的人却在等待命运的倒计时,有的人要登上最高最远的山顶,而有的人只渴求见自己最爱的人一面。

我好像突然明白,为什么Rachel会喜欢雨果了。或许就像我在试着感同身受她,而她其实也在感同身受着雨果吧。

暗涌中藏着我们可能无法看清楚的那一粒沙子,万千背影中那惊鸿一瞥也可能被忽略。但我知道,在这个世界上的无数角落里,都藏着各式各样的人生与故事,去发现,去聆听,去努力感同身受,接收世界的回响。这也是成长之旅的风光,和努力拥抱世界的态度。

愿未来的我们,自在如少年

◆

01

据说,每个第一次见到AK的人,都没能准确猜中他的年纪。我也不例外。

第一次见到AK是我去外地研发部门出差,在那里碰到的他。同事帮我介绍,和AK打招呼的时候,我完全无法想象,如此年纪轻轻的男人,竟然已经做了公司经理。

以貌取人是不对的,但在一众领导中,AK的气质和装扮的确有些不一样。

我猜他应该还不到三十岁吧,同事偷偷告诉我,其实AK已经奔四了。我捧住惊愕的下巴,印象中这类驻颜有方的人不是明星就是天生丽质又懂得养生的人。尤其是午休的时候，AK和团队里的同事们一起大口吃垃圾食品的样子，还是让我觉得有点迷思。

因为和AK所在的团队有着工作上的交集，所以经常会见到他。微信朋友圈里的他，总是晒拳击的照片，还有李健、朴树的老歌。有时候也从同事那里听到关于他的一些故事，说是自从国外博士毕业回国，他就把青春献给了这家公司，期间曾经遇到过很好的跳槽机会，他都没有走。因为杰出的工作能力，他比其他人用更快的速度到了现在这个位置。

AK打扮很新潮，年轻同事们谈论起最近流行的国潮品牌时，他也能津津有味地跟着聊半天。有品位，注重日常生活中的小细节，AK一度成为许多女同事眼中的男神领导。

"可惜啊，人家女儿都已经会说话了，死了心吧。"

同事之间经常会这样打趣，弄得AK脸红。

也大概是因为有这样一位领导者的存在，团队的气氛总是轻松又活跃的。一句常常挂在AK嘴边的话是，他也是我们这个年纪走过来的，所以他希望我们这个年纪，可以保留青春该有的模样。

比如，执着地喜欢在下午茶的时间点所谓的"低糖奶茶"，明明即使"低糖"依旧有大把的热量。

02

虽然AK不是我直属的老板，我却在他身上发现了许多不一样的高亮瞬间。

有次我在朋友圈分享了我特别喜欢的一个西语小众歌手，AK

评论说，他去年公休的时候，去西班牙旅行，曾经看过她的现场演唱会。

看到AK和那位我喜欢的歌手的合影时，我心里还是有些小嫉妒的。

AK发来一个表情，说："你看，我们是同龄人嘛！"

我不假思索地回复他一个有些贱贱的表情，然后和他聊起了这个女歌手。

讲这个小细节，是因为我发现我和AK交流的时候，会不自觉地忘掉所谓的"人设"。怎么讲呢？就是"我是下属，你是老板，所以我们讲话要懂得礼数，要小心翼翼"而形成的"人际关系设定"。当我丝毫没有在意地自动忽略这个设定之后，我发现，其实AK更像一个"大男孩"，或者说是一位来自职场，却没有那么严肃、相处起来舒服的伙伴。

我想这大概也是AK能获得团队成员们喜欢的原因，不仅仅因为他是领导，也因为他身上有着一种让人觉得轻巧自由的魅力。

想到这里，那个曾经问过自己的问题似乎莫名有了些成形的答案。如果将来有一天我也到了这般年纪，我想活成像AK这样的"大男孩"。

03

女同事总在八卦AK肯定有保养秘籍，AK总是故弄玄虚地说等他将来出一本关于"保养"的书，会提醒大家去买。

种草经验帖上总是在劝导现代的年轻人不要熬夜，早睡早起

Part one
预见了所有艰辛，我依然选择前行

但我发现，很多个深夜，AK还在回复大量的工作邮件，他的细致让你觉得这不是一种打扰，而是一种放心。

养生节目告诉人们要想保持年轻，最重要的是保持心情愉悦。但我也常常看到AK因为工作一个人郁闷。

貌似有一种民间说法是，凡事尽力就好，剩下的交给老天。但AK似乎不相信这个，他总是要把努力变成尽力的好几倍。

所以，AK在我眼中更像是一个矛盾体。既拥有年轻的心态，同时迸发出成熟和稳重的力量。既是一个坚持了八年健身的自律者，也会有跟着潮流带老婆孩子打卡网红餐厅、对垃圾食品上瘾的活泼灵魂。

也许，这个矛盾的集结，恰好在某种意义上解释了他为什么依旧年轻。

之前在网上看到的一个帖子，一位在北欧定居的网友说，自己坐公交车回家的时候，看到旁边一位白发苍苍的老妇人，涂着鲜艳的口红和微微有些夸张的眼影，正安静地坐在那里，手里拿着一本日本同人漫画书，读得津津有味。

网友们发出感慨，说希望自己老到头发花白时，也要继续执着于年轻时爱的少女漫画。也有评论说，这位老太太只是外表变老了，但内心和灵魂依旧是个小女孩。

他们的存在，像是某种提醒，告诉我们一个深刻的道理，那就是"永葆青春的前提是，永远保有年轻以及追求年轻的心态"。

这种心态可能是点击那个自己从来没有听过的歌单，去听一听现在年轻人喜欢的音乐。也可能是，爱上运动，让身体与懒惰顽抗，年纪上升但皮肉紧实没有脂肪肝。当然，更可能是，坚持自己觉得对的事情，坚守自己热爱的事物。

04

AK曾经在公司内部做过一次分享，讲自己为什么愿意在这个公司里坚守这么多年。

听众热情昂扬地给出一个又一个可能的答案。

"因为待遇好。"

"因为通勤时间短，离家近。"

"因为热爱，因为想要做出一番属于自己的成就。"

……

五花八门的答案都被AK一个个点头赞同，但最后他说这些不是他心目中最终的答案。

AK说在很多年前自己刚刚毕业、初入职场的时候，在这家公司遇见了人生中最想感谢的一位上司，这位上司像是他的启蒙导师，让他飞快成长。后来，这位上司因为女儿生病不得不离开了公司。

在离开前上司留给他一句话："如果多年后，你还能坚持住像当初那样的心态和心境，那么证明你做了对的事情，这个世界没有残酷地像改变大多数人一样改变你。"

像是为了努力印证这句"如果"，AK在这里一直待到现在。虽然最后他知道这个"假设"可能永远无法得到百分之百的证明，是真是伪。但至少到现在，他确认，自己的内心还在坚守某个信念，那个信念像无形的力量，也在推着他一步一步走到今天。

那次分享会结束后的第二个月，AK再次被提拔，成为亚太区重要的管理层领导之一。在所有人都等着AK升职后请大家好好搓一顿的时候，AK却没有接下这个担子，离开了公司，选择了自己创业。

这个决定让很多人难以理解，这可是千载难逢的好机会，机不可失，时不再来。

尽管在最初听到的时候，我也感到诧异，但当听到AK在公司的告别酒会上说出自己的考虑后，我冥冥之中仿佛明白了这个决策背后的某层意义。

我想正如AK说的那样，他希望自己的人生不是按部就班，而是坚守自己觉得对的事情，活得像最初时一样轻盈。

我一点也不觉得难过或者惋惜，相反，我心底忽然感知到了某种伟大包裹着自由的力量。

离别时，所有人为AK写了一张卡片，我在上面留下的那句话是——

"希望将来再见到你的时候，依旧青春如往日，自在若少年。"

或许，这也是写给未来某时某刻的自己。

每一种生活都有它的自由和理由

◆

01

第一次见到Loisy是在都柏林一个叫作黛西的吧,那时我在爱尔兰第一学期最后一门考试结束,和朋友一起去跳舞,想放松一下。

我们在舞池里摇曳,身边几乎都是各种颜色的瞳孔与头发。身旁忽然有一个人挤过来,紧接着是一声不标准的中文问好,我看向声音的方向,一个胖胖的女孩率先映入眼帘。

Loisy主动用英语介绍自己,她问我们不介意和她这个胖女孩一起跳舞吧,我们摇头。

Loisy很热情,介绍自己来自菲律宾,然后把自己的朋友也轮番介绍了一遍,热情地要和我们成为Instagram(照片墙,国外社交应用)上的好友。发送申请后,我们举杯碰杯,她说以后在这里遇到任何需要帮忙的事情,就找她。我当时被这句话给镇住了,心里不由得去想她是什么来路,虽然她的外形的确给人一种"大姐大"的感觉,但内心还是半信半疑,觉得对方是在吹牛。

结束那个愉快的夜晚后,我回到家躺在床上看到Loisy通过了我的好友申请,她社交软件上的照片一下子全部映入眼帘,基本上是她在黛西吧与各种人的合影。她给我发了个消息,说认识我很高兴,希望下次能再和我一起跳舞。大多数这种社交场合遇到的朋友,很难会有第二次相遇,这是我冥冥之中相信的道理。

从她发布的那些生活短视频和照片中,我不禁去脑补她的生活。我情不自禁地去把它和我之前看过的电影情节进行比较。诸如"昼夜颠倒""以酒精和享乐为食"这类的形容词会不由自主地从脑海里浮现出来。我知道这样仅因为一面之缘就去脑补和猜想,多少有些不恰当,但当我看到那些和自己有着距离的生活方式竟如此生动地展现在眼前时,我不得不去想,这样一个姑娘在异国他乡过着什么样的生活呢?

后来我很久没有再去光顾那个吧,直到有一次小组合作的作业拿了第一名的成绩,才又和同组的伙伴一起去了老地方。那时候我怎么也没想到,会再一次碰见Loisy,只是这次有些不一样,我看到她的时候,她正在和一个男生跳舞,舞池里绚丽的灯光打向他们,投射出他们的忘我。

我在存包的时候和Loisy打了招呼,她说好久不见,然后给了我一个大大的拥抱,我能感受到她在出汗,大概是刚才的热舞有些过于激烈。

02

Loisy到底过着怎样的生活呢?也曾经和当时一起去跳舞的同伴讨论过这个问题,我们共同感慨于她的外向与自在,这是难能可贵的,可以坚持去做同一件事情。再后来,我的某种猜想被验证,因为莫名地发现了我和Loisy之间的共同好友,所以才逐渐真正了解起她来。

Loisy只有二十几岁,她之前在菲律宾是一名护士,后来来到了爱尔兰生活,她并没有像以往一样,再去找一份和医护相关的工作,而是在一家菲律宾人开的美甲店做美甲师。她的生活除了下午去美甲店做工外,剩下的时间便交给了那个她常去的黛西吧。昼夜颠倒对于她而言才是正常的生活节奏,尽管大家对于这种状态都颇有微词,但Loisy自己丝毫不在乎。

就像她丝毫不在乎她已经过度肥胖的体形。

听那位共同好友讲起Loisy的故事时,我其实并不感到震惊,相反却有一些失落,因为我期待着现实可以给我的猜测一记耳光时,它反而证明了我的答案是正确的。这样的生活方式的确离我很远,远到我根本无法去想象如果我按照这样的方式去生活会怎样,我固有的人生轨迹和阅历告诉我,我无法做到感同身受。

之后我便很少再去那个黛西吧,也几乎没有再遇见过Loisy。

直到有一次陪朋友去美甲店，我在一旁拿着杂志无聊乱翻的时候，恰好碰到刚刚从外面进门的Loisy。我当时几乎没有认出她来，因为现在的她和夜晚的她完全是不同的感觉，束起了长发，没有大浓妆，只是穿了简单的运动裤和运动鞋。

她的出现让店里坐在沙发上等位的人们躁动起来，有女士喊着终于等到Loisy上班了。这时我才明白，原来这些很早就在店里排排坐等候的顾客，都是在等Loisy。

我朝Loisy打了招呼，她很惊讶地问我怎么会在这里，我指了指我朋友，她跑到我耳边小声说了句："那我加送你朋友一个美甲，免费的。"

听到这句话，我有些惊喜，不是因为Loisy愿意免费帮我的朋友服务，而是在她那句话之后，她说了一句："怎么好久都没有在黛西碰见你了？"似乎是还记得我，这让我颇为惊讶。

那天Loisy一直忙到很晚，几乎是片刻不休地一个接着一个帮顾客服务，我偷偷观察到她脸上的笑容始终不减，也保持着精力和活力与每一位顾客聊天。我很难去想前一晚，她是不是又在黛西吧疯狂到深夜，但此时我在她的神情中，只看到了活力与愉悦。这似乎就是Loisy的魅力所在，会让人忍不住地去探索她究竟是怎样个性的一个人。

03

所以她究竟是怎么样的一个人呢？显然几面之缘，无法让我真正去阅读她的个性或者是灵魂。但冥冥之中，我又感受到，其实她并没有我想象中那么简单。

也是后来才知道，其实Loisy虽然过着与大多数的我们印象中不同的生活，却也是因为她的开朗与热情，让她的生活变得不一样。就比如当时在店里面等待的客人们，很多都是朋友介绍而来，然后因为Loisy的技术不错，慢慢又变成了老客户。这当然也得益于她在酒吧里认识的那些遍布五湖四海的"陌生人"，在Loisy刚开始做美甲师的时候，除了散客之外，并没有多少客人，反倒是那些酒吧里举杯之际认识的人，成了她工作开始的积累，也是靠着这些人，Loisy拥有了更多的客人。她的业绩往往是店里面最好的，有时候收到的小费甚至可以赶上她一周工作赚来的工资。

除了这份工作，Loisy还在社区做着义工志愿者，没有任何的金钱回报，只是因为一颗善良的心。她每周会有固定的一天，去帮助社区里的那些老年人或者小婴儿做检查，有一次多亏了她的及时帮助，让一位突发哮喘的小男孩保住了性命。

这些故事，Loisy很少跟别人提起，也几乎没有出现在她的社交软件上。那个我原本印象中在酒吧里真情做自己的姑娘，其实还有着这样不为人知的一面。所以，在知道这些故事后，我才意识到当初自己所谓的"失落"有多么肤浅，因为当我真正试图去了解某个人后，才会发现原来这个人和自己想象中的并不相同。当我拿着古板的印象，仅凭着表象去做出猜测的时候，其实有很多珍贵的东西一直隐藏在舞台的背后。

Loisy在Instagram上的自我介绍，是这样一句话，她说希望自己能做一个让自己开心的自由的灵魂。再去品味这句话的时候，我似乎终于明白了在Loisy这个灵魂之后，这句话的含义。

这个不介意体重，不介意别人的评价，可以在舞池里自由舞动的灵魂，真正在过着自己喜欢的生活。她拥有一份简单的工作，但这份工作让她觉得快乐，她从中感受到人与人之间热情的维系。她也在默默无闻回报着这个世界，用她最熟悉的方式去做出力所能及的善良。

这一切的一切在这样一句话的总结之下变得生动起来。我会忽然回忆起当时第一眼见到Loisy时的场景，那个朝着我热情打招呼的样子。很多东西，是我们第一眼所无法感知到的，然而很多时候，我们却往往因为第一眼，做出了许多猜测和质疑。

那次Loisy帮我朋友免费做完美甲后，我很想感谢她，但是不知道该如何去感谢她，便只好趁着间隙去旁边的亚洲奶茶店买了一杯珍珠奶茶送给她。她擦擦手接过奶茶后，满脸喜悦地说自己其实并不喜欢喝咖啡，而是喜欢奶茶。我忽然间觉得这个姑娘很美，不是世俗潮流所喜欢的那种纤细与骨感，而是一种由内而外的，让人恍然间如获珍宝的美。

04

常有人问我，在国外学习和生活了那么久后，最大的改变是什么？遇到这样的问题时，脑袋里往往会浮现出不同的人，他们的脸和他们的故事。我试图去寻找一个共同的道理，但当我认识Loisy后，我逐渐意识到，其实改变有很多，而最深刻的则是，我逐渐尝试着以一种开阔的、淡然的心态去看待任何一种生活方式，而不是仅仅从最初的那一眼。

其实很多灵魂只是偷偷隐藏起了他们的光芒，那些不为人知的一面往往才是他们最真实的样子。每个人都有权利选择他所向往的生活和他觉得最舒服的生活方式。Loisy真正做到了对生活的豁达，在一些人不理解的眼光之下，她依旧坚持着自己，依旧会准时在夜晚出现在黛西吧，也依旧会准时去为有需要的人检查身体。或许从Loisy的故事里得到的启示是，我们应该尊重每个人选择自己生活方式和呈现自己生活的方式，而非以自己的标准去评价或者去猜测任何人的生活。

在离开爱尔兰之后，我还是会经常去看看Loisy发在平台上的视频和照片，和之前我认识和熟悉的那个她无异，依旧会在黛西吧和来自世界各地的陌生人合影、跳舞。

当我的生活在不断发生着细微的变化时，我都会去看看她。其实，也是去温习她写在头像下面的那句话，希望自己能做一个让自己开心的自由的灵魂。

人生中需要一些时间不问结果

◆

01

在摩洛哥的时候,包车司机在越过山脚的一个休息站停下,在那里我们吃了午饭。到现在对那天短暂的歇脚处还有着深刻的印象,因为它的四周几乎没有任何的村落,除了这家小餐馆甚至找不到其他有人出现的建筑。在这个人迹罕至的地方,只有这一家小餐馆,建筑在马路的一边,从远处的山头眺望,会觉得像是一颗镶嵌在水蛇腰间的珍珠。

包车司机说要感谢我们在出发当日请他一起吃午饭,所以这顿他请。我们坐在这所破旧的小房子里,看着门外的他跟屋子外面正在烤肉的摩洛哥大叔攀谈着。我环顾四周,这里像极了武侠片里那种大侠赶路到一半停驻休憩的客栈。不一会儿那位大叔进来问我们想吃些什么，这里只有三种菜，烤羊肉、烤牛肉，还有就是摩洛哥的特色菜肴塔吉锅。大叔的英语很流利，让我们颇为惊讶。我们点完菜，他就出门准备了，整个小餐馆除了他之外，还有一个女人在后厨帮忙，我们猜测应该是那个大叔的妻子。

包车司机端了茶，来跟我们在餐桌上聊天。从聊天得知，这里是周围唯一的小店，每次他开车，无论是带游客，还是他自己，都会在这里停留一下，吃点东西。我们笑着说这是垄断了市场啊，大叔肯定赚了不少钱。司机也跟着我们的话茬走，让我们看老板娘那金色的大手镯。

"赚钱？三天两头见不到什么客人，哪里去赚钱啊！"上菜的时候，烤肉大叔一边摆着手，一边回答我们的问题。

"肯定又是这个家伙跟你们乱说我的事了。"大叔弹了一下我们包车司机的脑袋，司机小哥缩着脖子笑。

因为点了太多东西，我们邀请大叔和他的妻子跟我们一起吃。在饭桌上，大叔的老婆晃了晃自己手腕上吸引眼球的手镯，看了眼大叔，语气有些埋怨地说这是大叔和她结婚时送的，耗尽了大叔的全部家当，两个人在这么一个荒芜的地方开餐馆，根本赚不到什么钱。

嘴上的话虽是埋怨，但眼神里充满爱和甜蜜，这个是藏不住的。我们没有再多追问，只是听大叔讲他和老婆之间的浪漫故事。得知大叔是本地人，老婆出生在卡萨布兰卡，两个人是在法国留学的时候认识的。他们曾经在法国的一座小城市里经营一家餐馆,做了几年后搬回了故乡摩洛哥,后来阴差阳错在一次旅行之中发现了这里,然后便决定重操旧业,在这座大山的脚下,开了一家餐馆。

我们问大叔为什么选择这里,明明是一个很荒芜的地方。他忽然抬起手指了指墙上挂着的那幅陈旧的地图,跟我们讲,等会儿重新出发上路的时候,十分钟后记得看指南针,看看东南方向。我们问那里有什么,大叔却闭口不言,默契地跟老板娘相视一笑。

"看了就知道,为什么我们会选择在这么一个破地方生活。"老板娘朝我们笑笑,我看着地图,好奇心不由得被放大。

02

老板那句"东南方向"埋下的神秘一直在我的心里发酵。我问司机小哥那里到底有什么东西,小哥说到了我就明白了。当我们再次越过一座山,到达另一个山脚下的时候,小哥忽然放慢了车速,提醒我们那个神秘的东南方向就要到了。

当我们的车子在那里停下的时候,我被彻底震撼了。一整片蓝绿色如同玛瑙一般的湖泊,就安静地沉睡在我的脚边。我们的打扰像是不小心惊醒了它,有波纹在水面荡漾,在这片荒芜的土地上,这个湖泊显得格外美丽动人。

我们找了靠近湖边的一块大石头,一行人就坐在那上面,静静看着湖面。

"我刚开始跑旅游业务的时候,车子到半路没油了,刚好就开在了这里,这里信号也不好,手机电话根本打不出去,更别说上网了,我就只好自己去想办法,我走了好久,发现这里根本就没什么人,除了那家店,我上前去询问,想着能不能拜托店里的人,帮我想想办法。"

司机小哥坐在我们旁边,说起和刚才烤肉店老板夫妇俩的故事。

"没办法,在这里根本联系不到人,没想到他们很慷慨地把自己家里的最后一桶油给了我,那桶油是他们留着备用的。也是多亏了这一桶油,我把车子开了出去,找到了一个加油站。后来我带着礼物和油回来感谢他们,才知道我有多幸运,因为当时他们决定第二天回父母家的,那桶油本来要留着路上用。因为借给了我,所以他们放弃了那个计划。

"后来因为我经常跑这条线路,所以我们也熟悉起来,我总是会在这里停留,也会把我的顾客介绍给他们,也算是感恩他们当时的善良相助。其实,说实话,他们在这里赚不到什么钱,虽然我总是故意跟别人讲说他们特别富有。"

似乎也能猜到理由,因为这里实在没有多少人流量。但为什么还会在这里营生,是我好奇的地方。

关于这个问题的理由,让司机小哥沉默了一会儿,他看着湖面,从旁边拽了一根野草,用手搓了搓它干枯的叶子,接着风就把那粉末给吹散了。

最终还是知道了这个故事。

当初他们在法国新婚不久,在法国开餐馆的生意也不错。但是就在某一天清晨，妻子去店里检查的时候，遇到了车祸，那次车祸特别严重，让她和丈夫原本平静的生活一下子被飓风掀了个底朝天。妻子康复后，丈夫和妻子决定离开法国。

一场车祸让他们的生活轨道彻底改变。司机小哥讲到这里时突然停了下来。

直到风彻底把干枯的叶子吹散，司机小哥丢掉了那根只剩下秆的草，才继续往下说道：

"那次车祸，让她彻底失去了生育能力。她因为这个还患上了一段时间的抑郁症。他们都太渴望一个新的生命了，这个突如其来的噩耗无疑给他们的生活蒙上了一层阴影。这也是让他们决定放弃原来生活的导火索。"

当我听完这个原因的时候，我的身体忽然感受到一阵凉意。因为它似乎和我所猜想的完全不一样。我感受到这个故事背后的悲凉与不易，它和面前这片静谧的湖泊不同。或许也像是在印证一个道理，隐秘在水面下的事物就如同夫妇背后的往事，都是我们这些过客所无法想象的。

到这里，我似乎有些明白他们为什么会选择在这里生活了。

03

但后来我才进一步知道，其实他们选择离开过去的生活，在这样一个荒僻无人问津的地方生存，不是为了别的，而是为了彻底舍弃过去，为当下而活。

作为在法国的异乡人，夫妻两个人都非常勤奋地生活。刚开始开店的时候,几乎是每天二十四小时在忙碌。法国的人工费非常昂贵,所以大多数时候,他们两个人都是亲自上场,大大小小的事情亲力亲为,让他们几乎把生活全都交给了工作。起初店里的生意并不好,丈夫还兼职,帮一个公司写程序,赚到的钱又都用到餐馆里。开店第一年的时候,丈夫还因为这个忙到生病,妻子有些动摇了,加之生意不好,便想着不再做了,换份工作。

但两个人还是坚持下来,不过幸运的是,虽然餐厅的工作依旧非常忙碌,但是生意逐渐好转起来。两个人靠着勤奋和努力,也逐渐过上了稍微不错的生活。夫妻俩时常盘算着,年底要赚到多少钱,实现什么什么计划,甚至还想着过两年就再开一家店,这样两个人一人管一家店,可以赚到更多的钱。

他们给生活设立了一个又一个目标,这些目标伴随着时间的飞逝一个又一个被实现。他们在当地买了房子,打算在第二家店面张罗完毕后,就把工作的节奏稍微缓一缓,给家庭添一个小生命。然而,生活总是在推着人走,在第二家店面开张,生意锦上添花的时刻,妻子却遭遇了那场改变他们整个家庭命运的车祸。

这个噩耗让忙碌的两个人彻底乱了阵脚。在妻子患上抑郁症的那段时间,丈夫根本无法在照顾妻子的同时兼顾餐厅的生意,所以他未经妻子的同意,就把两家餐馆给暂时关闭了。他一直瞒着妻子没有讲,直到妻子的病好。

也是那一段时间,他忽然意识到了一些什么。生活的节奏一下子缓慢下来,他忽然明白原来再好的生意、赚再多的钱都无法弥

Part one
预见了所有艰辛，我依然选择前行

补这些生命的转折带给他们的灾难。他向妻子提出了放弃餐馆的生意，回到摩洛哥生活的想法，因为他觉得累了，也不想再让妻子跟着自己过这样的生活。

妻子给了他莫大的支持，就这样两个人变卖了在法国的所有家产，带着这些钱，丢下了那些不好的过去，回到了故土。

回到摩洛哥后，他们花了一整年旅行，游遍自己国家的许多角落。就是在那片我们当时驻足的湖泊边际，他们决定就在这里生活。这里几乎是一个没有人长期驻足的地方。一年的旅行结束后，他们收拾了行囊，在这里重操旧业，在这样恶劣的环境下开起了那家小餐馆，成为很多过路人暂时休整的港湾。

他经常会带着妻子去那个湖泊野餐，整个星球仿佛只剩下他们两个人，这样的生活是他们之前在法国怎么也无法想象的。

司机小哥曾经问过他，为什么做出了这个决定，决定在这里生活？

他给出的答案是，他想余生不再为了那一个又一个的目标而活了，他只想活在当下，活在因为自己所爱的人或事物带来的力量和幸福之中。

当我从司机小哥口中听到这个答案的时候，我仿佛彻底明白了那无数个"为什么"背后的答案。

我打了一个寒战，倒不是因为温度或者忽然吹过来的风，而是被我脑袋里忽然明白的这个道理。这个不起眼的小店，还有这一对夫妇的身后，原来藏着如此令人惊讶的故事。

司机小哥说，当他第一次听完这个故事后，一个人跑来这个湖边坐了一下午，似乎是想体会这个故事背后的真情实感。也是那个下午之后，他决定带自己接的每一位游客来这里驻足看看，然后再把这个故事告诉每一个陌生的过路人。

他已经忘记了自己转述过多少遍这个故事，也记不清有多少次在听完故事后惊讶又沉默的神情。他说他只是想让这个故事被更多的人感受到，或许只是一面之缘，但也希望它能够影响到对方。

我们彼此都沉默了许久，只是静静地看着那片蓝色的湖，有鸟从远处的山脚下飞过来，它们会停留在这湖边。不知道为什么，当我看着它们在空中飞翔的轨迹时，却仿佛想象出了这对夫妇当时决定在这里生活的画面。

我想一定是带着一往无前的勇气和坚决。

04

其实，大多数的我们都是在为着一个又一个的目标而活着，也不是说这样不好，至少目标和憧憬让我们不再停滞，给了我们奋斗的勇气。但是否大多数时刻，我们在为这些目标而努力到忘记自我、忘记生活的时候，真的感到了快乐呢？那些所谓享受奋斗的快乐，是否是真的快乐呢？

或许就连我自己，也无法完全承认在所有拼命努力的过往时刻，我是真正感受到了快乐。

努力学习是为了高考能考上一所好大学；拼命实习是为了简历；减肥是为了瘦下来后拍出好看的照片，被别人注意到；工作加班是为了能被老板看到，可以升职加薪……

当这所有"为了"之后的目标顺利实现时，才感悟到原来为了野心而活、为了目标而奔跑是多么快乐。但当这些目标没有被达成时，又开始怀疑自己是不是能力不足，不够努力，陷入漫长反复的自我怀疑之中。

有目标，为了理想和野心而活着固然美好，但是否有些时候我们太过于专注最后的结果呢？或者说，我们是否真的享受了目标完成之前的那个过程呢，是否真正是为了热爱而去追逐去前行呢？

想起一个我们大多数人会被问到的问题：过程重要还是结果重要？

在我过去的人生中，我的答案始终是结果，因为我之所以努力，就是为了享受结果带给我的喜悦，固然过程本身不可或缺，但也只是从中汲取希望和力量，如果让我始终存活于这个过程中，反复反复，我会严厉地拒绝。

在摩洛哥的短暂时光里，这个来自路边小店的故事让我不断地思考。或许，是该学着享受过程本身，把自己从过于苛求目标和结果的束缚中解救出来。

我知道这没那么容易，但至少我发现了它的存在。

05

想起在圣三一学院里遇见的一位老太太，她是我同学的同学，已经年逾六十，仍旧在念研究生。

第一次听说这个人是源自朋友的吐槽，说这位白发苍苍的老太太总是在课堂上过于积极，导致原本的课程时长常常被严重拖延。

后来偷偷摸摸地去参加过同学所在专业的一次研讨课,在那节课上看到了这位老太太本人。满头银发,是认真打扮过后的样子,尤其是涂了大红色的口红,让她的气质和我印象中这个年纪的人不大一样。和同学之前讲的一样,她是课堂上的活跃分子,会积极地举手回答老师的每一个问题,尽管有些答案很显然是不合理的,但她仍旧会一百分热情地讲完。

学院的每节课的课时都会安排三个小时,往往所有人在课程的末尾都会精疲力竭,而这位认真的老太太却仍旧充满活力。课程结束后,她还会拉着任课教授不走,把本子上记录的每一个问题再与对方讨论。遇到难题,还会笑眯眯地去问同学。朋友开玩笑说,有的时候看她去问年轻同学问题,仿佛是家里的外婆在辅导孙子的感觉。

也有人问过她为什么会来这里读书,她的答案让所有人都感到震惊。她说这是她读过的第四个硕士了。从前的她是企业里的女白领,用了半辈子爬到很高的位置,但没有时间去做她真正想做的事情。她原本的理想是做一名大学教师,可惜这个理想没能实现,但仍旧对教育有着莫大的兴趣,于是在退休后,她没有选择像一般人一样开启养老生活,而是重返校园去做她真正喜欢的事情。

学校的Facebook(脸书)群组里流传着她的一个视频,视频里的她说了这样一句话。她说这里的每一个学生,因为热爱自己的专业,因为想要拿到一个名牌学校的毕业证书,而在这里拼命努力着,而她知道自己没有办法赶超这里的年轻人,所以她只想用余生去感受自己喜欢的事情,她不奢求自己能顺利毕业,也不奢求能获得多么高的分数,她只想安静地去看那些在她眼中比一切都有趣的学术论文,风风火火地赶去听教授的演讲,待在图书馆里听书页翻动的声音。

看完那个视频后,我不禁开始畅想起自己的老年生活,是否会有同样的心境和勇气。换句话说,在我二十多岁的年纪看到生活中真真切切地存在这样的人物和故事时,它提供给我的不仅仅是一种遐想,或者一个选项,而是一次自省和改变的机会。

<u>年轻的我们不能停止追逐目标,但也不能忘记去享受追逐目标的过程。</u>倘若给人生中大大小小的事情都设定一个目标,那我们是否会活得像个傀儡一样呢?

记得看到过这样一段话——"我慢慢明白了我为什么不快乐,因为我总是期待一个结果,看一本书期待它让我变深刻,发一条短信期待它被回复,对人好期待别人也可以对我好,参加一个活动期待它可以换来充实丰富的经历。当这些预设的期待和目标都实现了,长舒一口气。如果没实现呢?自怨自艾。可是小时候也是同一个我,用一个下午的时间看蚂蚁搬家,等石头开花。小时候不用期待结果,小时候哭和笑都不会打折。"

第一次读到这段话的时候,我的脑海里闪现了在摩洛哥遇到的那对店主夫妇,也回想起了那次研讨会上无数次举手无数次发言的老太太。这些闪光的回忆或许并不是一模一样的脉络,但都多多少少带给我相似的启示。也或许就像那句话说的那样,有时候我们因为那些沉重的期待,而失去了一些最简单最轻易得到的快乐。

我开始梳理在过去的人生中，我是否真的有片刻不去计较结果，也没有太庞大的期待，只是用心地去感受的瞬间呢？我想起了旅途中的自己，那个坐在莫斯科的大街上看一下午路人，在土耳其的某个博物馆里偷偷掉眼泪，在比利时咖啡馆里坐着看漫画的自己。似乎只有这些时刻，我才真的没有带着任何得失心和对目标的渴望，只是存在于当下的瞬间，做一个安静呼吸的灵魂。

我想我们每个人的人生中都需要有这样一些时间，不问结果，只是默默地上路。不仅仅是旅途，也不仅仅是风景，更多的是我们生活中每一个细碎的时刻。带着儿时的专注和纯真，去认真地享受在结果到来之前的每一秒，抑或不带着任何对结局的欲望。

或许当我们愿意匀出这样一些时间后，会真的找到那些似曾相识的快乐。

Part one
预见了所有艰辛，我依然选择前行

做自己是这个世界上最美好的事情

◆

01

当我得知Paul是在谷歌工作的时候，我立刻跟他吐槽起我繁冗的课业内容，我说我们要学Google AdWords（谷歌广告关键字），还要学很多乱七八糟的数据分析。他笑着看我吐槽，跟我讲他们入职的时候会有更系统的培训，学的就是这些"枯燥无聊"的东西。

Paul家有只猫，我们聊天的时候它会过来踩着我的身子而过，嘴巴里发出呼噜呼噜的声音。它似乎不太喜欢我，觉得我抢占了它原本沙发的位置，所以对我总是一副敌意。我试图用我带来的零食收买它，但效果甚微。

Paul是荷兰人，在都柏林工作，因为住在同一个街区，所以他经常会邀请我去他家看电影。但这个人很奇怪，比如在我第一次得知他在谷歌工作的时候，他紧接着跟来的一句话就是："不要试图让我帮你推荐，今年我们部门没有招聘计划。"我只好尴尬地回他说，以我的业务能力，估计也只能在谷歌前台收收文件，预订下午茶。

记得和Paul看过一部荷兰电影，跟游泳队有关，是我不感兴趣的主题，所以那天晚上我的思绪一直在游离。我看着他的猫孤零零地坐在窗前，看着窗外鹅绒一般的大雪，忽然觉得很温暖，我过去拥抱了他的猫。令人感到惊喜的是，这只傲娇的小姐终于没有反抗我，而是在我的怀抱里发出呜呜的声音。

我看着窗户玻璃上反射出我们的身影，窗户外被雪堆积的匝道上只有零星几辆自行车。我用头蹭蹭它的脑袋，毛茸茸的，像个毛线球。

Paul察觉出了我的心不在焉，问我是不是不喜欢这部电影。我坦诚地说是的，Paul问我原因，我支支吾吾地搪塞他。Paul请我喝茶，还拿了一包薯片过来。电影结束后，Paul用蓝牙连接了音响，我推荐了一首最近在循环播放的歌曲。

歌曲播完一遍的时候，他忽然对我说："如果等不到对方的消息，就主动发过去一句问候吧。"

我问他怎么知道我在等别人的消息，他用目光点了点我手上拿着的手机，对我讲，从电影一开始我就在不断地划开手机，打开聊天软件，似乎没有什么新消息，脸上是欲言又止的失意。

被他全部看穿，我把手机屏幕熄灭，摸了摸猫的下巴。

我对Paul说："我觉得自己变得有些不像自己了。"

02

那时候也的确是濒临分手的边缘，我的心不在焉换来了Paul的一些故事。

Paul说自己曾经谈过一场长达八年的恋爱，两个人是大学同学，几乎是在准备步入婚姻殿堂的时刻，说了再见。Paul说自己虽然感到惋惜，但也愿意接受这是上天的安排。那个女生最后找到了更加适合的人，现在已经成了妈妈，一家人幸福地生活在阿姆斯特丹。

只是Paul在这段感情后，似乎一直没能再遇到合适的人，只有一只猫陪伴着他在异国生活。

按照Paul的说法，那段感情里他一直在努力做着"适合"对方的人，这种合适在起初是快乐，并没有发现什么不好的端倪。但当两个人离开了校园，开始面对这个成熟的社会时，他逐渐发现这种努力做到的"合适"并不能再像原来那样带给他愉快的感受。

Paul按照对方喜欢的样子去塑造着自己，那个自己与原本的他愈发隔离，渐行渐远。他也曾经试图为感情去做一些理应的牺牲，但只可惜到最后这些"改变"不再是甜蜜的负担，而是让他愈发看不清真实的自己。

因为追逐"做自己"的自由，所以Paul选择了放弃这段爱情长跑。他们在那年的圣诞节吃完最后一次晚餐后，女生搬回了荷兰，两个人再没有联系过彼此。

我认同Paul的观点，可以为了爱一个人而做一些改变，这些改变是让两个人变得更加融洽的蜜糖，但倘若这种"改变"最后变成了一味地迁就，甚至忘记自我，那便是一段感情的巨石与海啸。

那天晚上的猫小姐非常听话，任由我拥抱它。我把它抱在怀里，听见外面刮风的声音。

我对Paul说我原本的果断与豁达，在这段感情里最后全变成了畏缩和犹豫。我憎恶自己的不坚决，因为喜欢一个人而变得不快乐，这不是我想要的。

Paul说那就应该痛快地离开，可我做不到这样坚决，因为我似乎有些沉浸在了这个"失去自我"的过程中，我会百分之百在意对方的感受而去忽略自己是否真的快乐。我在意感情的投射与反馈，就像小时候为了肯德基儿童套餐里的玩具可以在大街上号啕大哭。

"只有等对方先离开，你才会真正理解这个道理。"

这句话是Paul送给我的礼物，后来也验证了事实的确如此。从分开的一刹那起，我开始嫌弃起过去的自己，没有自尊，在爱里卑微。

但其实这一切都是有原因的。

03

太在意别人的想法，别人投射出的情绪甚至可以百分之一百地影响自己。所以这样个性的人，就连到了爱情里，也会变得不由自主，越发不像自己。与其说是更好地融入他人，融入这个世界，其实是在很艰辛地扮演别人心目中合适的"自己"。

醒悟出这番道理的时候，恰好是在我恢复单身的第二个月。

那一天，我们一起在厨房里做早餐，室友问及我心情恢复得如何，我当时在给蛋饼切出好看的形状，聊起这件事的时候，我手里的刀停了下来。

我说小的时候，学校里会开运动会，大家都热火朝天地选好了自己要报名参加的项目，只有我不知道自己该选什么。老师当着全班同学的面问我为什么不积极参加运动会，我支支吾吾地说不出个所以然来，最后勉强报了一个袋鼠跳，就是把自己装进麻袋里，模仿袋鼠跳，看谁最先跳到终点。

其实我对这些项目压根不感兴趣，可我还是报名了，硬逼着自己成为积极参加活动的一分子。因为，我害怕那种被别人觉得"奇怪"的感觉。

那什么是不奇怪呢？就是你和其他所有小朋友一样，把手举得高高的，热情四射地抢着去参加这些跳高、跳远、接力赛。

后来开始写东西的时候，出版商把我包装成"长得特别好看"的作者，那些复杂的标签像是一个又一个商品包装上的"出厂设置"，告诉自己我应该按着这样或是那样的方式去把自己捏成这样或是那样的形状，因为只有通过这种方式，我才会变成被大众喜欢的人。

久而久之,这些"出厂设置"一点点渗透到了血液里,恍惚之间,我甚至也觉得自己似乎本来就是这个样子。我在乎所有与这些标签相冲突的话语或是评论,担忧那个被塑造出来的小人被破坏了他精致的形状。

这种个性也逐渐开始影响到生活的方方面面,不能说它是完全不好的,至少它让我进入了所有人眼中觉得"正常"甚至有些向往的轨道。但也只有自己明白,是在坚硬地扛着某种被不断雕琢的外壳。

所以就连当我遇见爱情,喜欢上某个人的时候,也在用力扛着那个外壳,去做一个对方喜欢,而不是自己觉得舒服的人。

早饭的时候,室友对我讲了这样一句话。她说:"你有没有想过,其实当你真正去做自己的时候,可能会有更多的人喜欢你,或者说,你才会真正遇到那个值得的人。"

在她对我说完之后,我脑袋里忽然空白了几秒,因为我好像猛地意识到,我以为自己活得足够明白了,但其实从未想过这个问号后的答案。

"至少当你真正去做自己的时候,你是真正在爱你自己。"

04

我给自己创造的仪式感是,从那份失败的恋情走出来后,我去漂了头发,那是我人生中第一次漂发,忐忑地跟都柏林的理发师商量了好久颜色,最终狠下心去染了。之所以这样做,颇有点给自己的状态添加"重焕新生"的意思。

也是那一次的尝试后，我爱上不停变换自己发色这个听起来有些幼稚又有些疯狂的习惯。

染发是原来我一直不敢尝试的事情之一，我曾经幻想过自己顶着夸张颜色的头发，却迟迟不敢尝试，因为害怕走到街上会被别人当作"奇怪"的人。而当我真正决定去抛掉那些所谓在意的眼光时，我感受到的是在风中穿梭一般的自在与轻巧。

做自己想做的事情，变成让自己舒服的状态，对于我而言是迟到的觉悟，但当我感受到它的那一刻开始，我便真正找到了自我。

在爱尔兰的那大段时光里，我尝试了很多不同颜色的发色，这看起来是一个微不足道的故事，但于我而言是一种对内在自身的认知，是一种我从未曾想过的尝试与跨越。

我甚至还去染了蓝色的头发，在去英国旅行的前一周，我从便利店买了染发膏，花了一个晚上自己在家动手完成。

我鼓起勇气走出了家门，在我租住的公寓下面有一个公交站，那里是人流量的高峰地段，我能感受到自己的鲜艳发色吸引了不少路人的视线，起初的我被这些目光弄得有些不舒服，但当一位和我擦肩而过的老爷爷，对我用带着浓重爱尔兰口音的英语说了一句"Nice Hair（好漂亮的头发）"的时候，我内心一下子如释重负，我能感受到风逆着我行走的方向轻拂过面颊，我的余光中有那位老爷爷灿烂的笑容，我扭过头对他说了一句"谢谢你"。那一刻，我的世界里仿佛有了一曲温柔的背景音乐，它糅合着此时的阳光，让我感受到发自内心的愉悦和快乐。

包括后来在爱丁堡的旅行，逛博物馆的时候也能受到售票处大叔的赞美。这个吸引人视线的发色，非但没有带给我沉重的负担，反而让我感受到成就自己的那种舒适感。我对这种舒适感的理解，是这个细微的改变，让我学会了爱自己的某种方式——

就是尊重内心的真实想法，无论它是疯狂宏大，还是渺小平淡，放下所有外界带来的限制和羁绊，去寻找真实的自己。

当我意识到这种"成为自己"带给自身的快乐后，我的生活和我的心态也逐渐发生着变化，我开始自觉把外界的声音，无论褒贬，都主动调小它们的音量。在纠结的时刻，我会给内心预留出时间和空间，去询问自己真实的心情和想法。

固然得到别人的赞美、与这个世界的认知标准相符会是一种快乐。相比之下，我却逐渐爱上"做自己"带来的那种轻快和自由。当我不再去把和这个世界的眼光是否相符作为首要条件时，我脑海中的世界真的一下子变得简单和平静起来。

05

能够面对真实的自己是一件不简单的事情，就像我们的生活中始终存在着很多很多的滤镜。

我一直很赞同Paul的某个观点。他说这个世界上有几十亿人，虽然不能说我们一定能找到那个对的人，但只要我们坚守真实的自己，这个世界上总会有一个会发现这个"自己"的闪光点的人。

我想，无论是否与爱情相关，人生中的诸多方面，其实都会因为这种坚持自我而变得简单许多。

当我开始真正做自己后，看待这个世界的眼光也在发生着改变。我不会去想这个世界是否会觉得我是个怪人，而是会觉得这个世界一定感受到了我的可爱和真诚。这不是自恋也不是自我感觉良好，而是我开始以积极的态度去理解我投射给外界的信号，以及外界给我的反馈。

就像现在的我虽然不再是那头蓝发，但每当我回想起那段时光，我脑海中存留下来的只有美好的回忆，是路人投以我的目光和微笑，是被老师叫起来回答问题时带着的那句"蓝头发的男生"。

于我而言，这些回忆关联的是一个勇敢和真实的自己。

我的内心一直住着一只不安分的野兽，从前的我选择禁锢它，不允许它走入我现实的生活中，但当我有一天偷偷把它放出来后，我才明白，其实我喜欢做一个不囿于世俗、追逐疯狂的灵魂。

所以啊，做自己，成就自己，也是为了发现自己生命中的其他可能性。

06

其实仔细发现，成长的本身也是一个追求真我的过程，只是在这个过程中，大多数的我们都将经历一段或许是迷失或许是身不由己的岁月。

就比如我在爱尔兰的室友，在来都柏林打工度假前，她是一个安安分分的政府公务员，每天准时上班下班，过着一成不变的生活。而当她来到这里后，她做着又累又辛苦的餐厅柜台服务员，有了假期就跑去欧洲旅行，过着和原本的自己截然不同的生活。她说,在这里,她真正开始享受做自己的感觉,不去在乎同事和家人的眼光,把自己重新释放回童年的样子,肆无忌惮地去和这个世界嬉戏打闹。

也比如我的那位朋友Paul,单身多年后,终于在某一天,躺在都柏林的公园里看书时遇见了新的她。那个人那天恰好看到Paul读的那本书是自己最爱的一本书,便上去打了招呼,没想到Paul也是这位作者的狂热书迷。两个人相见恨晚,随着相处,发现彼此身上有着太多的共同点与默契,然后很顺利地坠入爱河,走到了一起。

当我们越长越大,当我们走了越来越远的路后,似乎才逐渐意识到,原来生命不是和任何人赛跑,也不是为了得到所有人的满意与赞赏,而是为了那个内心深处的自己,拥有坦诚面对自己的勇气和底气,以及真正体验到按自己舒适的方式去生活所带来的快乐。

偶尔也会怀念那段感情中失去自我的岁月,会感谢它带给我的成长。现在的我,开始去努力拨开从外界蔓延而来的荆棘,安静地面对内心真正的想法。当我一点点把生活中那些不必要的滤镜给取消的时候,我的视野变得广阔而清晰,我的心也变得豁达而自如。

现在的我,试着理解我和世界之间的某种关系,是当我开始去忽略夹杂在我和世界之间的诸多他者后,才终于体会到原来我和这个万象世界是咫尺距离,这个世界上有太多值得我亲自去感受的美好。

学会告别过去,学会思考该以何种方式去迎接未来,是我们一生中都在持续学习的事情。

Part two
孤独之前是迷茫,孤独之后是成长

遗憾有时也是感知爱的一种方式

◆

01

那个夜晚都柏林市中心挤满了人,我并不知道发生了什么,只是在J开车载我回家的路上,一时间觉得有些后悔,后悔坐上他的车子——我应该步行回家的。但是转念一想,他的家在霍斯附近,花几个小时步行回家,也是不现实的事情。

我们卡在人行道前面,车子忽然熄了火,J也没重新启动。我们就看着车窗前方大批的人群缓慢移动,虽然有交警在一旁疏通指挥,但这样的堵塞依旧没能有半点好转。我对他说:"我可以就在这里下车的。"他说没关系,既然已经出来了,就送我到家。

车厢里的气氛很安静,他问我今天感觉如何,我说还不错,顺便问了他下周末的安排。其间他打开手机看了下日历，然后以有些抱歉的语气讲道："我们的课程可能要暂时停止了。"

这个决定没有任何征兆，我甚至愣了一下，我问他："是遇到了什么问题吗？"J摇摇头说："没什么特别大的事情，只是一个朋友出现了一些问题，我需要去照料一下。"

我没有多问，只是看着前方终于有些稀释的人群，脑袋一片空白。想来这样停课也是一件好事，毕竟到现在，我似乎是J把课程继续开下去的唯一希望了。

我和J认识是因为一个知识共享的软件。软件是朋友推荐给我的，上面有很多人发起的线下聚会或者课程，你可以根据自己的喜好去选择加入某个活动，课程有免费的也有收费的。都柏林的生活，大多时刻是单调且寂静的，我便在那个软件上搜索自己感兴趣的活动。我是个很抠门的人，所以只搜索了免费的课程。

我忘记是怎样的契机，让我发现了J组织的这个课程。J是都柏林一所大学戏剧和表演专业的老师，所以课程也是关于这个主题的。因为我本科的第二专业是学习的戏剧文学，所以便如获至宝似的加入了这个课程。课程不收费，没有什么作业，只希望在最后结束的时候可以提交自己的作品，作为J学术出版物的一部分材料。

课程虽然不算火爆，但也有一些人陆陆续续地加入，我算是从开始就一直跟着J在学习的学生。可惜的是，课程在办了两三次后，参与的人越来越少，到第四次上课的那个周末，J的工作室就只来了我一个人。

气氛有些尴尬，J问我还想继续吗，我说当然，接着J还是如往常一样把那节课上完了。结束的时候，他说："既然你获得了一次一对一的课程，那最后一定要提交那份报告，我会把它加入我的出版物里。"我点头说没问题。J似乎是露出了一丝苦涩又无可奈何的笑容，我也跟着他笑笑。

也多亏了这最后一堂课，让我有机会参观J的家。J的工作室其实就是他位于海边别墅的一间屋子，上完课，已经是九点左右，我收拾东西准备走的时候，忽然在他家走廊里停住了脚。

我问他："可以弹弹你的钢琴吗？"

我其实弹不出什么完整的曲子，只记得一些简单的旋律。装模作样地随便按了几个音符，J在一旁静静地看着我，在我弹奏结束的时候，随便夸了几句。

我对他说，自己是在班门弄斧，他摇摇头说他其实并不会弹琴。

"那为什么会有一架钢琴在这里？"我总是对所有事情都想要知根知底。

J停顿了几秒，说这是他前妻的钢琴。

02

最终车子还是没有停在我家楼下，J连续对我说了好几遍抱歉，我说没有关系，便在红绿灯之后，在路边下了车。

仍旧有稀稀疏疏的人群经过，我从他们的讨论中大概得知，原来今天是有一支国宝级的乐队在附近开演唱会。

我的脑袋里思绪万千，不是因为此刻嘈杂的人群，而是因为，在下车的时候，J对我说了课程停止的原因，不是没有人愿意去听，而是他的前妻病危了，也就是说前几分钟，他口中那个遮遮掩掩的"朋友"，其实就是他的前妻。

我几乎很少听到他讲起自己的婚姻故事，只是听同期上课的人微微提及过。今年五十多岁的J，独自生活，没有建立自己的家庭。

我向来不会因为一个人是否选择婚姻或者家庭而去评判他的生活，也并没有多大的热情去了解J独身的原因，只是当他跟我说了真实的原因时，难过又无力的深情，让我忍不住地去思索着什么。

我很想帮帮他，哪怕我知道自己的力量是微不足道的。不是因为他一直开办着免费的课程，也不是因为他是一个善良又令人尊敬的好老师，而是因为他曾经帮助过我。

03

第一次看整个都柏林的夜景，是春天的时候。J开车带我去了都柏林城市背后的一座山，我并不记得那座山的名字，只记得当时我们绕了很多弯弯曲曲的路，山顶上有一间小酒吧，只卖零星的几种酒水。

我们在冷风中点了啤酒，坐在酒吧外面的小木桌旁，静静地看着城市在夜晚的模样。我并不想渲染太多感伤的情绪，可在这庞大的灯火前，却不由得失落起来。我开始讲我们是如何相识的，讲我们一起经历的每幅画面，也讲我们说再见的最后一面。

Part two
孤独之前是迷茫，孤独之后是成长

不知不觉中讲了许多许多，后来想想可能这些情节会让他这样一个成熟的人觉得幼稚。

我们在冷风中坐了很久，我拿出手机给眼前的景色留个纪念，在我起身的时候，他忽然唱起歌来，我没有讲话，只是在他唱完的时候，夸赞他唱得好听，顺便问了这首歌的名字。

他说如果不介意的话，想讲个故事给我听。

故事的主人公是他的大学同学，暂且就叫他M吧，M在大学的时候喜欢上了同学院的一个女生，他们总是一起排练，一起在深夜讨论台词。M喜欢她喜欢得不行，甚至还为她专门创作了一部戏剧，女主角是她，故事也是他们共同的故事。后来两个人一起进入当地的剧团，M把这个故事真正搬到了舞台上，并在第一次公演结束后向她求婚，这个幸福的女人在所有人的注目下接过鲜花和戒指，答应了M。那一年是他们相恋的第四年。

婚后的生活非常幸福，两个人都非常热爱戏剧事业，相似的爱好让他们彼此的灵魂更加贴合，他们依旧在一起排练，写新的台词。那场M为她创作的戏剧，一场又一场地演出，逐渐成了那个剧院最受欢迎的一部作品。

妻子作为女主角，因为这部剧也获得更多的机会，一家电影制作公司在看了她的表演后，决定邀请她出演公司新的电影作品。M替妻子感到高兴，因为这意味着妻子可以开启自己的电影事业，获得更多人的关注。

一切都按照两个人的预想进行，电影的上映让妻子获得了更多的机会，获得了更大的名气，前来邀约的电影不断。而这时，那个为妻子创作出最初剧作的M，却因为剧院的变动而失去了原本的工作，待业在家。也是那一段时间，让M和妻子之间的矛盾逐渐产生，妻子面对在家无所事事的丈夫心里满是抱怨，丈夫也觉得妻子因为事业的突飞猛进而变了一个人。两个人开始不断爆发争吵，妻子常常因为这些事情而变得歇斯底里。

在相恋的第十年，M提出了离婚，搬出了他们生活已久的家。离婚后的半年，妻子进入了新的婚姻生活，M找到了一份在学校里做戏剧老师的工作，两个人的生活再没有了任何关联。直到M被前妻的好友告知她患上了癌症，M才重新鼓起勇气去看望曾经的爱人。

那时候已经是他们离婚后的第三年。

讲到这里，J停了下来。我问他，他们之间是否还爱着对方呢？

J摇摇头说，M在知道对方患上癌症后，曾经伤心了很久，在对方住院接受化疗的时候，经常跑过去看她，为了让对方的丈夫不发现他来过，他只好每次都偷偷地过去，留下一本对方喜欢看的书，或者水果。

"其实，这个世界上有很多遗憾、不圆满的事情，感情也是这样，有的时候相伴着一起走过一段时光，却没能一直走到最后。或许是因为不再爱了，也或许是因为太过深爱。"J说完，一口气饮完了杯中的啤酒。

再后来，这个故事还有这个夜晚都变成了珍藏在脑海中的一段回忆，我舍不得拿出来分享，也不知道该以何种方式再去重温它。

J对我讲过的这些话也成为让我挺过那段时间的力量之一，我能感受到这个人心地的善良。我也常常把自己对未来的规划和向往讲给他听，告诉他我对于戏剧和文学的热爱，他也总会给我很多受益匪浅的启示。

在我想着怎样用自己的力量去帮助J的时候，我无意间醒悟到，似乎J口中的那个未尽其缘的故事里，主人公M其实就是J自己。我试着从网络上搜寻关于教师J的资料和背景，心里那个不确定的答案终于尘埃落定。

那个带着爱里的遗憾而离开的男人，就是曾经的J。

04

J所教授的戏剧和表演的课程停了整个夏天，这整个夏天里，我彻底失去了与J的联系。

直到在都柏林的一个电影节里，我再次遇见他。那时的他，头发蓄长，白发变得更多了，人也因此显得苍老许多。我在活动结束的后台，去跟他打了招呼。他一眼认出了我，眼睛笑眯眯的，眼角的皱纹像干涸土地上复杂的裂缝。

我邀请他去喝酒，我们找了一个安静的爱尔兰吧，聊起电影节展映的作品。

我问J前妻的健康状况如何，J欲言又止的样子，眼睛里忽然露出平淡的悲伤。

"她走了,所有的人都已经尽力了,但还是没能赢过病魔。"

我安慰着J,心里同时被这个结果给惊吓到,一个生命在短短的几个月后就这样离开了人世间。

"其实我知道你跟我讲的那个故事,就是你自己的故事。"我对J说道,他显然没有想到我会猜到这个。

"其实,你还是爱着她的对吗?"

J继续沉默着,我能感受到他身体里那些无法被轻易触及的难过与悲哀。

"那些我留在病房里、她喜欢读的书里,她都认真做了笔记,还会加上注解,那些我送给她的花在干枯以后,她会把它们夹在那些书里,最终变成一个又一个花或者叶的标本。记得我们年轻相爱时,她就会偷偷在我的书里面夹上花,她说她希望我在疲惫的时候,会因为这些花的颜色而变得轻松,她说这些花朵也因此而永不凋零。"

我相信她一定还是爱着J的,我想要把这句话告诉J,但话到嘴边,又咽了下去。或许,就像J所说的那样,这世界有太多遗憾,或许遗憾有的时候也是一种最美的结局。

后来,我才得知故事的隐情,J当时不想让自己成为对方的压力,主动提出了离婚,他口中所谓的"不再爱了",不过是因为爱得太深而不得不放弃的借口。

到这里,似乎我终于获得了一些释然的感觉,不仅仅是自己的感情,还是对J的故事。在爱里我们是伟大的,同样又是渺小的。那些失去和遗憾，不是意味着我们彻底和曾经决裂，而是选了另一种方式去感受爱。

05

终于，直到我最后离开爱尔兰，也没有机会重新去听J的戏剧表演课。

告别时，J送给了我一张明信片，上面写着这样一句话："去选择你爱的，去努力证明你所爱的是正确的，哪怕最后的结局是错的，哪怕是遗憾的，但至少你曾经路过一些阳光和芬芳，它会一直成为你继续走下去的力量。"

没有退路的我们,只能勇往直前

◆

01

我忘记了我为什么会和Yao见面,真的忘记了,我只记得初次见他的时候,他撑着伞站在都柏林一区的一家韩餐馆门口。那天的雨其实不大,车子轧在马路上,摩擦出水花的声音却不小。

当时我从德国回来,不知道什么过敏得上了一种病,当时在朋友圈寻医问药,恰好Yao说他有一种药,或许能起点作用。然后在那个雨天,我们对坐在韩餐馆里,像地下交易似的,他把药给我,我用柠檬水把药片吞下去。

他对我说了句:"放心,不会死的。"

Yao在爱尔兰已经十年了,做医生。他说自己二十岁从中国东

Part two
孤独之前是迷茫，孤独之后是成长

北到了都柏林，因为没考上好的大学，便决定到国外谋求发展。当时靠着劳务输出来到了欧洲，过着颠沛流离的生活，一边打工一边攒钱，一边攒钱一边还钱，那时候他很年轻，体格单薄，经常生病，在国外看不起医生，便只好自己扛着。后来经济状况好点了，他自己拿着攒的钱去念了语言学校，后又考上了一所大学的医学部。生活似乎是从那个节点开始走入上坡路，颠簸了那么多年的Yao，现在换了护照，有了一份足够养活自己的正当工作。

在知道他这些故事之前，我对他的印象只停留在"一个嘴很毒，心却很善良"的评价上。

他的药虽然没有什么作用，却在一定程度上让我在那个紧张的时刻镇静下来，不然当时我真的决定要去看急诊了。后来去医院检查，发现没有大碍后，我请Yao吃了顿饭，那顿饭还叫了我的室友斯瓦拉卡。

我们问Yao的故乡是哪里，他从来不会精确到某一个具体的地点，只是给出模糊的答案——"东北"，后来我也不再追问。关于他的故乡，他只提及过有一条河穿过，小的时候他会去河边钓鱼，一个人。

当我第一次得知他已经在异乡十年之久后，是感到惊讶的。这个时间跨度如果与他口中的那个词"漂泊"勾连起来，不免让我难以设身处地地去想象，仿佛只有出现在小说或者影视剧里，才有合理性。

Yao说他最近一次回去，也已经是两年前的事情了。幸运的是，父母身体还算不错。家里人都催着他结婚，一听到这件事情他就头大，想着赶快回都柏林，就不用每天被亲戚们嘤嘤嗡嗡地催扰。

对于回家乡这个概念，Yao只把它与"看望父母"连接在一起，他说不可能回去工作和生活的。一是离开了太久，二是就算自己想要回去也无法回去了。就连同龄人也是两个世界里的人，他们家庭美满，而他坚持一个人太久了。

Yao总是说单身挺好的，父母也逐渐变成了"眼不见心不烦"，因为距离的阻碍而逐渐默许了他至今还未成家的现实。

所以，我想这或许也是Yao选择隐去故乡名字的原因。或许故乡，在这个时刻的他心中，只是一个寄托某种想念或者归属的图腾。那个遥远的家乡，既是他逃避的理由，也是他无法回去的理由。

02

这个世界上每一秒都有人在迁徙，不仅仅是十年前的Yao，还有现在的我和我们，大多数的我们选择背井离乡，不是因为别的，而是因为想要挣脱。

Bone是我在Trinity认识的一位念博士的爱尔兰人，有着四分之一犹太人血统。他确实很聪慧，博览群书的修养从他讲话的方式和神态中可以略知一二。我们认识是因为有一次在图书馆，他不小心一脚踩坏了我的笔记本充电器。当时的他着急地向我道歉，说如果弄坏了会赔偿给我一个新的。

我摇摇头说不必了,然后知道了他的名字。

去Bone家拜访过一次,那时候他还留着浓密的络腮胡,如果不说年龄,我真的会觉得他已经年过四十。实际上他虽然是博士,岁数却不大。他房间里那一墙的书,每本都厚如字典,我问他每一本都读完了吗,他不但点头,还说有一些甚至已经读过了好多遍。

Bone和我对爱尔兰人大多数把生活置放于酒吧的印象不同,他很安静,也不乐于接受新鲜的科技,天生一副学者的性子。他的手机还停留在苹果很古老的那一代,书架上也收藏了一些古老的碟片。

他对我说他打算在读博士的第三年去上海学汉语,作为他研究东亚语言课题一个很重要的实践部分。他对自己这个计划充满新鲜感和期待,说自己终于要离开都柏林了。

我问他难道之后就不回来了吗,他摇摇头,继续说自己的计划。Bone说他打算在都柏林念完博士后,就跑去纽约,或者找份工作,或者申请教职。我问他为什么这么想要迫切地离开家乡,是因为这里有什么不好的回忆吗?至少,都柏林在我的眼中,是一座很不错的城市。

按照Bone的比喻,爱尔兰是一座远离大陆的岛屿,他在这里生长并且长大,现在是时候去看一看大陆上的世界,离开这座在远洋之中孤零零的岛屿。

"虽然我知道人生大多数时刻是孤独的,但我想试着离开这座孤岛,我想与这个世界产生一些其他的关联。"

说这句话时的Bone语速缓慢，像是在陈述某个漫长的愿望。我能看到他眼中的那种向往，似曾相识，很多时刻的我也有相同的触觉。

渴望离开那个已经熟悉到不能再熟悉的角落，带着孤胆做个勇闯天涯的英雄。虽然不知道最后能成就些什么，但没什么能阻挡那时候的激情与渴望。离开故乡，不是因为不爱故乡，而是想从熟悉的过去中逃离出来，去嗅取生命中新的气息。

03

大多数的我们都在年轻的时候做出过同样的选择，那就是离开故乡，漂洋过海，在一个陌生的他乡去成为一个崭新的自己。这个崭新固然因为环境的改变而焕然一新，却也少不了故乡的影子。有些人用尽一生，把这些影子妥善地隐藏。也有一些人，是为了这些难以割舍的影子而竭尽全力地生长。

记得Yao说过一句话，他说很羡慕一些人，当他们无路可走的时候，可以轻松地转身回去，因为他们的故乡永远是别人的远方，他们是"有退路"的一群人。而他不同，他必须非常努力地去飞奔，他跑出的每一步其实都是在与那个"故乡"越来越远。

后来的我，是在哪个时刻忽然回忆起Yao这句话的呢？大概是刚回国的那段时间，之前一个同在爱尔兰的朋友，因为觉得在都柏林找不到合适的工作而决定回国了，回到自己的家乡上海。而同一时刻的我在某天结束工作面试回家的地铁上假想着，如果我和那个朋友一样，因为在上海找不到合适的工作，屡屡碰壁，我也可以像他那样索性走人,回到自己的故乡吗?

答案是我不能。因为这个答案意味着,如果我回到我的故乡,即将面临的是,我可能更加找不到合适自己的位置,变得更加无所适从。

那一刻,我终于明白,原来我也是背井离乡队伍中的一员,我需要在别人的故乡里变成一个崭新的自己。

04

记得当时离开都柏林的最后一周,我和Bone见了一面,依旧是在他家。他在熨烫他的衬衣,我坐在沙发上随便翻着一本他最近在看的书。Bone问我回国后的打算,一个在告别的一周里,我被无数人问过的问题。

按照以往,我会很认真地告诉对方,我打算去上海找工作,然后争取工作几年后,再有机会出国看看,也许再回到校园里去读一次书,也许是去尼泊尔或者非洲做个志愿者,再或者去新西兰或者澳大利亚打工度假也不错。这个答案一出,往往会得到听者的赞许,然后听到对方对我表达的美好祝愿。

而这次,我只是对Bone说,我打算回我的故乡看看,因为我的父母在那里等待了我很久,我们已经一年多没有见面了。我很想念他们,尽管我知道,没过多久,我又即将启程离开,去到一个陌生的远方重新开始我的生活。

Bone点了点头,捋了捋他熨斗下面的衬衣。他没有说话,空气中只有水汽在跳舞。大概安静了半分钟后,Bone忽然问起我故乡的名字。我试着让他清楚地听懂家乡的名字,但发现徒劳后,我开始用他可能了解的历史典故或者地理知识,解释我故乡的位置与故事。

不知道为什么,在那一刻,当我很用力去解释自己的故乡时,我忽然有些明白Yao当时为什么没有告诉我他老家的名字和具体位置了。

因为,对于我们来说,对于所有在一步步努力离开故乡的人而言,这都是一件很费力的事情。

告别Bone的时候,他对我说了一句话,他说:"记得在你老之前,再回都柏林看看。"

Part two
孤独之前是迷茫,孤独之后是成长

每一种活法,都值得被尊重

◆

01

我妈有一个同事,跟我妈差不多年纪,五十多岁,至今依然独身。听说是家里最大的女儿,父亲失踪了,一个人帮着母亲把一个弟弟和一个妹妹抚养成人。

我妈经常能在超市里碰见她选新鲜的韭菜,她会仔细甄别每一捆韭菜,然后把叶子上的泥土去掉,再装进自己的购物篮里。在超市里遇到认识的同事时,大家总会打上几句招呼,问最近过得怎么样,她们的话题大多是关于孩子这一类的,或者聊聊最近的天气和菜价,再不就是单位里的八卦,然而我妈的这位同事却无兴趣攀谈这些,总是匆忙地离开。

"你说这个人怪不怪,这么大年纪了还不找个伴。"我妈谈起这位阿姨的时候,眉头紧蹙,"不过这个年纪了,也很难找了。"

后来有次在超市里,我恰好碰见她在挑菜,才发现她与自己想象中的样子完全不同。

她有一种优雅的气质,举手投足之间都能感觉出来她像是经历了很多故事。五十多岁的她比同龄人看起来年轻一些。她的肤色明亮,一头利落的黑色短发,耳环是银色的,头发上会戴一个深棕色的发带。

那天在进口果蔬区,想要挑牛油果的时候,我站在货架边犹豫了半天,不知道该选哪个,哪个更为新鲜。

"这个够新鲜,就拿这个吧。"这位阿姨似乎是看出了我的苦恼,她仔细端详了几颗牛油果,然后用手轻轻捏了捏,挑了两颗送到我的购物篮里。

"我也很喜欢吃牛油果,夹在三明治里特别美味。"她微笑着和我简单地聊起来。

"听你妈妈说,你就要去爱尔兰留学了。"

我点点头:"去读研究生。"

"我三年前跟我小侄子他们一家人去英国和爱尔兰旅游过,那是个很安静很美丽的国家,我特别喜欢那里的手工啤酒。"

然而在那个当下,我对爱尔兰并不了解,我不知道该聊些什么,只是挠挠头傻笑,说"我一定会去尝尝"之类填补空白的话。

从聊天中,能感受到她的不同,不仅仅在于她会挑选牛油果，去看过国外的世界，而是在于她表现出一种和同龄人不一样的气质。

我妈在超市冷藏区另一头冲我吆喝，叫我去帮她拿东西，我摇了摇手里的牛油果，对她说了句感谢。

这是我第一次见这位阿姨，再之后她又如往常一样，只出现在我妈电话里的闲聊中。

02

"你还记得在超市里见到的那个阿姨吗，前段时间她生病住院了，说是查出了胆结石。"

我妈又在视频电话里和我聊起那位阿姨，语气里充满担心和怜悯。我问那位阿姨现在怎么样了，我妈叹了口气，说是现在要准备手术。

"你说说要是有个男人在身边多好，也不至于疼到在地上打滚了，还得自己叫救护车。"

我大概能联想到当时的场景，应该是彻底的绝望和凄凉。我也不免替她感到担忧起来，毕竟人总是在生病的时候最脆弱，也最需要别人的照顾和陪伴。

我不禁去想，她的人生中应该大多数时刻是一个人挺过来的吧。想到这里，我竟然越发感到悲伤起来。悲伤的不是一个人独居的艰辛，而是面对许多艰辛时刻的孤独感与无力感。

但我想愿意保持独身的人，自然有他的理由。能够坚持下去保持独身的人，也自有他战胜孤独与苦寂的方法。

我曾经问我妈:"如果我将来到五十多岁也还是独身,你会怎么办?"我妈斩钉截铁地回答我:"那不可能,到时候不用我们说,你自己也会想结婚,想找个伴的。"

这个问题我并没有答案,我只是明白,如果一直独身,会是一件承担巨大压力、需要足够勇气的事情。

"那个阿姨养过一只猫,好像后来出车祸被轧死了,从那之后她就再没有养过什么动物。"

"可能老天爷就注定了她要孤身一人吧。"说完这句话,我妈再度叹了口气,然后冲着刚下班回家的我爸吆喝,要他下楼去倒垃圾,再去买一包盐。

包括我,包括我妈在内的普通人,过着柴米油盐酱醋茶的普通生活的普通人,想必永远无法体会到那位阿姨的心境。

"孤独""苦涩""无依无靠",是我们企图理解他们的唯一少数的关键词。正是因为这些世俗的预判,让我们在几乎没有怎么靠近他们的时候,就已经在意识里为这些人的生活蒙上了一层灰蒙蒙的雾。

03

不过,在我试图去靠近他们,一点点理解他们之后,我惊喜地发现,其实,他们从来不试图得到别人的理解和认可。

我在爱尔兰留学期间的第二个房东是一个地地道道的爱尔兰老太太,快七十岁了,身体特别棒,我住进她家的第一天,她甚至要主动帮我拎非常重的行李。

Part two
孤独之前是迷茫，孤独之后是成长

和我妈的那位同事一样，她也是至今独身，养了一条叫Carry的小狗，小狗今年八岁了，换算成人类的年纪就是五十多岁，也是一个小老太太了。房东奶奶的生活很简单，每天起床后遛遛狗，然后带着Carry去狗狗学校，偶尔去做做护工。她的姐姐就住在她的隔壁，所以房东奶奶也会经常去帮她的姐姐照顾小孩。

生活简单且平静，她会看着电视在沙发上不小心睡着，Carry安安静静地趴在她身旁，跟着她一起度过漫漫长夜。她喜欢听广播，喜欢用广播作为背景音，然后精心整理她的小花园。

房东奶奶曾提起过，她年轻的时候深爱过一个男人，但是那个男人比她大十几岁，家里人不同意他们在一起，后来那个男人去了澳大利亚，没有再回爱尔兰，本来他们计划着要偷偷跑去澳大利亚结婚的，去一个没有父母阻止的地方。但最后那个男人不告而别，他说不想她成为跟自己在一起而放弃家人的那一方。

听到这个故事的时候，我仿佛在空气里听到了心碎的声音。房东奶奶沉默了许久，后来又嘴角上扬地告诉我，不用担心，这不过都是年轻时候的故事了。现在的她，早已释怀，只是偶尔还会怀念起那段时光，和那段时光里的自己。

我能明白，房东奶奶的心里一直装着这样一个人。在客厅的小茶几上，有一张房东奶奶年轻时候的照片，那是一张她和一个看起来稍长于她的男人的合影。我猜想那个男人就是她年轻时爱上的那个人吧。

"这张照片的年纪比Carry都要大呢。"房东奶奶对我说这句话的时候，眼睛满含爱意地盯着蜷缩在她身旁的小狗。我想，或许她将曾经的爱恋与眷恋，现在全部倾注在这个小家伙身上了吧。

这应该也是她明明可以收更高的房租，却给了我们很低的租用价格的原因。就像另一个室友说的，住在富人区的她，其实不缺钱，只是想找个人陪陪她。

后来，我总会特意跑去跟她聊聊天。她会跟我讲她年轻的时候走南闯北的故事。她曾经在中国天津学过针灸，她说她特别喜欢中国，中国人给她一种特别谦逊的感觉，她甚至说，将来或许会去中国找一处海边定居，因为她特别喜欢大海。

她真的是个善良的人，有时候我很晚回家，她总会给我留一盏灯，她的房间就在我的隔壁，她总会轻轻地留一条门缝，确保我安全到家。在这里，我似乎体会到了一种仿佛外婆一般无微不至的呵护。所以，作为回报，我总想让她分享我的快乐。

我们一人一张沙发，Carry在客厅里左右逡巡，火炉里的木炭堆在那里，也像是在聆听我们的轻言轻语。

04

他们真的像外人所看到的那样孤独吗？或许是的，或许又不是的，这个答案永远在不同角度有着不同的阐述。

有一次Carry走丢了，房东奶奶满小区地找它，她大声呼喊carry的名字，甚至都决定报警了。她说这个家伙真是个大烦恼啊，可也是她幸福的来源。

不同形态的生活总有它们各自忙碌的方式，大多数时候人们会对其他人的生活产生评价，或许站在更高的角度，或许处于仰望的视角。但生活的真切质感，只有活在其中的人自己知晓。

独自生活又如何，倘若能找到疏解自我的去处，什么样的生活不是好的生活呢？就像我喜欢房东奶奶每次召唤Carry、和Carry聊天时的样子，喜欢妈妈的那位同事阿姨帮我耐心挑牛油果时的表情。这些并不是孤独的代名词，而是热爱生活、享受生活的表现。

或许将来有一天，我也会习惯一个人的生活。也或许将来有一天，我会厌倦一个人的生活。

无论选择如何，每一种生活都有它肆意舒展自己的方式，无论是独身，还是拥有默契的伴侣，每一种状态都有它合理的理由，我们这些人应该做的是，去尊重每一种生活方式，也找到自己最舒服的生活方式。

每个人都在用自己的方式，
追寻自己想要的生活

◆

01

大学的时候，不怎么喜欢一种人。

这种人精明能干，会在所有群体性活动中引得所有人的关注，然后春风化雨般地在每个人的脑袋里留下星星点点的印象。第二天天一亮，几个小时前的陌生人，已然全部安然地躺在了他或者她的好友列表里。

嗯，社交花。不知道是哪个特别有语言天赋的人，总结出来这么一个精辟的词。

在英文中有这样一个短语，大抵对应的就是"社交花"这样一类人,叫作"peopleperson"。

仔细品读一下这个英文短语,其实还是很有意思的。前面的"people"是人们的意思,是个复数名词,放在person前面,让人不禁联想到,什么样的人才会被形容为"像人群一样"的人呢?所以某种程度也是在说,这一类人很懂得如何跟"很多很多的人"相处。

02

目睹过类似的场景,之前去外地参加一个电影宣传活动,一个同行的姑娘格外引人注目,开会的时候总是积极踊跃地发言,每次发言都要称赞主办方几句。

活动最后的酒局上,这个姑娘跟每位领导和投资人敬酒,几句话后就顺理成章地加上了对方的微信。

说实话,那一刻,我是有些嫉妒她的,因为她三下五除二就跟那位我一直特别欣赏的导演聊得甚欢,而我却连上去搭个话的勇气都没有。

我该怎么迎上去?我该说什么才能让他对我有印象?他会同意加我微信吗?诸如这样的问题在脑袋里盘旋,索性放弃吧,我安慰自己:干吗活得这么用力啊?

我常常会想,如果我也在每个饭桌每次酒局上很努力地去认识每一个人,我也想尽各种办法让自己在大学里的人脉无限扩大,那样我就会过得好吗,或者说过得开心吗?或许会觉得累,但当自己真的有求于人时,也不至于在朋友圈发一条"万能的朋友圈求帮助"后无人回应。然而维护这些辛苦得来的果实也需要耗费精力,更何况迈出第一步勇敢地搭讪时就更需要莫大的勇气了。

03

之前在大学实习的时候,同小组早进来的那一批学长学姐都在争取留下来的机会,作为一个新进来的小白,看着他们为了那为数不多的几个名额抢破了头,不得不感慨现在的竞争压力真的很大。最后出结果的时候,有一位学姐的入选让大家都大跌眼镜,明明她的最终考核成绩并不是最优秀的,却因为另一个组的一位德国主管写了一封推荐信,而成功留了下来。

虽然我对这位学姐了解不多,零星的几次聚餐倒是可以察觉出她是一个善于社交的人,懂得在细节之处照顾到每个人的感受。那位德国主管曾经在团队聚餐的时候跟我们一起吃过饭,大概因为上下级,实习生们都没有敢主动过去搭话的,唯独那位学姐主动上去聊天。

我开始重新审视"社交花"这个略带恶意的词。其实,作为人的本能,社交的能力又何尝不是一种才智的证明呢?

04

记得新生周的第一天,学校特别设置了几个小时的活动,就是让我们所有人聚集在学校的广场上,什么也不做,让大家努力地去和陌生同学交谈,认识陌生人。活动的目的是,借助这样一个形式,通过一个共同的话题或者兴趣爱好,拉近陌生同学之间的距离。

是有点尴尬的，我发现亚洲的面孔大多抱团聚集在一起，讲着自己的母语。我其实是能理解的，亚洲尤其是东亚文化圈的行为习惯与欧美不同，加之大家初来乍到，语言上多多少少存在着障碍，所以抱团是显而易见的。

但是怎么说呢？"抱团"似乎已经成为形容中国留学生群体的一个标签了，它多少带着贬义。我其实是很抵触这样的标签的，但事实是，当我真正出现在这样的环境中时，羞涩的我也不自觉地和"中国同学们"抱成一团。或许这是初来乍到异国他乡，最能获得安全感的方式吧。

认识的一个家境不错的朋友曾经在加拿大生活了好多年，终日待在华人圈的他，回国后英文还是磕磕巴巴的。

无论是提高能力，还是真的要去交一些朋友、开阔一下眼界，不能勇敢踏出固有的圈子真的是很可怕的。即便语言不通、口语不那么流利，还是要勇敢地去跟对方打招呼，因为当你迈出第一步后，你将不会在迈出第二步的时候犹豫忐忑。

过去的新生周，让我彻彻底底体会到了社交的压力。为了认识新的朋友，为了在活动和派对里不做那个孤单落寞的个体，为了努力听懂外国人在讲什么，必须要大胆地上前打招呼。

虽然有时候你会觉得聊的话题无非那几种，但还是要努力地去做啊，强迫自己去享受，去活在当下的那个"时刻"，才会让自己觉得这些努力是值得的。

也是因为你强迫自己去享受"当下"，你会发现虽然自己英语不是很流利，但别人也不会在意，大多数人会听你把话讲完，就算你讲得云里雾里让人听不明白，同学们也会耐心地纠正你的错误。

正是因为你"用力"地勇敢了一把，你的自信就在这分秒之间，潜移默化地建立了起来。

再下一次，你的担心和犹豫会少一些，主动走上前去表达自己的力量也会更强大一些。

05

由"社交花"想到了在新生周认识的另外一位英国男生。这个英国男生就住在十字路口的另一面，与我算是对门。

因为我们都在商学院的市场营销专业，所以经常会约着一起去上课，一起放学。

记得有一回在路上，他问了我这样一个问题。他问，中国的同龄人会不会都特别害怕"掉队"？换句话讲，就是特别害怕自己被更优秀的同龄人远远甩在后面，继而被淘汰。

怎么理解"掉队"呢？大概意思就是，即使自己全力以赴地去奋斗，但依旧担心自己的速度比大多数同龄人慢。

我回答他说，我虽然不能代表同龄人整个群体，但如果仅从"我"的层面来讲，我想答案是肯定的。

从小学习成绩还不错的我，在高中刚开始的时候成绩一落千丈，因为理科的短板，最糟糕的时候我的排名甚至在班级倒数。虽然那个年纪的焦虑和现在大不相同，可回忆起那个时刻，还是心有余悸。爸妈给我报了很昂贵的辅导班，辅导也分成三六九等，好学生的叫拔尖班，坏学生的叫进步班，有的时候下课从进步班小小的教室里出来，看见拔尖班正好也下课的同学，心里不是滋味。

我开玩笑地对英国男孩说，可能是因为中国人口太多了，即便脱颖而出或是出人头地很不容易，但大家也不愿意因此而失去希望，毕竟跟上大家的步伐很难，而停滞不前太简单了。

06

那位英国男同学听完我讲的，意味深长地点点头，跟我说不知道为什么，只是觉得当下英国的年轻人过得太安逸了。没有那么严重的考学压力，人际交往也单纯许多，尽管房价在飙升，但大部分人都抱着"大不了就租一辈子房"的心态。

想到我的一位室友，她是一位法国女生，拿着打工签证来爱尔兰边打工边旅行一年，和她交谈的时候，我能真正感受到她时时刻刻在享受这个世界，享受自己的生活。

她说在自己做出要来都柏林这个决定时，很多长辈都不支持她，但她执意踏上了征途。

还有一位我在新生周认识的德国女生，已经快三十岁了，毅然辞掉了自己高薪的工作，本来已经在日程中的婚礼也暂且推迟，很坚决地来到爱尔兰念博士。

我问她放弃自己拥有的这些令人羡慕的东西时，真的没有一丝不舍吗？

她的回答令我印象很深刻。

她说会有不舍，但她觉得过去的自己已经走在一条"对"的路上，这条路按部就班，和所有周围的人拥有一样的节奏，所以现在的她想去试试别的路，如果仍旧是"对"的，她会很开心，觉得自己很幸运。如果是错的，也不会觉得惋惜，因为只有无数次"试错"后，才能找到最准确的方向。

相比这些人，我突然觉得自己活得有些惭愧。

我想大多数同龄人多多少少会与我有同样的心态，不想掉队，不想在三十多岁回忆二十多岁时，只有满目的无所适从。

我很难直接去判断这样的心态是百分之百的不好，还是百分之百的好。只是相信大多数的我们，都会因为这些细碎的比较而紧张过。

或许会无所适从，或许会寻找不到方向。但正在努力奔跑、不愿意掉队的我们，本身就是在做着这个年纪最积极的事情，那就是保持旺盛，保持希望。

07

十六七岁，天空晴朗，课本里夹着喜欢的人的姓名。

二十一二岁，星空璀璨，在操场上用蜡烛摆成一颗心。

二十五六岁，车水马龙，加班结束后的公交终于没那么拥挤。

三十一二岁，哭声啼啼，曾经喊着不婚主义如今已经可以快速冲调出一瓶温度刚好的奶粉。

发现没，当我们还在笑父母那一辈人过着被安排好的人生时，殊不知，大多数的我们也慢慢活得按部就班，每一个脚步精准地迈进每一个走过的脚印里，越来越不敢再去冒险。

说实话，我不禁会想，当我快要三十岁的时候，是否可以拿出像那位德国女生一样的勇气，抛弃自己已经拥有的一切，去到一个陌生的地方，开始一段未知的旅程。

08

到现在，我突然对"社交花"这样的概念有所改观了，不再是幼稚时期那么浅薄的厌恶，竟有些许的敬佩。因为这真的不是一件容易的事，它可能比做其他事情更需要勇气和胆识，更需要去承担因此而产生的诸多后果，如别人的不解和白眼也好、流言蜚语也罢。

无论是"社交花"，还是非常恐惧"掉队"的我们，不都是在努力去争取自己想要的东西，想要更好地实现自我吗？

当你勇敢地迈出那一步的时候，你已然在渐渐超越那些原地不动的人了。

世界的正面与反面

◆

01

人生中第一次遇见小偷,是在意大利佛罗伦萨旅行的时候。虽然在去之前,朋友已经打过预防针,说在意大利一定要小心自己的财物,当时也没怎么上心,没想到在真正去之后,还是遇上了。

当时我和朋友刚刚从比萨到佛罗伦萨的火车上下来,拖着行李箱走出火车站,看到正在施工维修的马路。我们的行李箱在石板路上磕磕碰碰,发出非常刺耳的声音。我们按照导航的路线,去往朋友订的青年公寓。在步行二十多分钟后,走到了一个非常繁华的大街上,我们在人群中缓慢挪动到马路口准备过马路。

朋友跟在我的身后,和我聊天。就在我转过头想要回头看她的时候，一只手顺势要插入衣服口袋的我忽然间摸到了我的口袋里装着另一只手。就在我感受到那只手的瞬间，我同时看到了身后那个浓妆艳抹的女子，就在我快要喊出"抓小偷"的时候，人群忽然变得拥挤，朋友从前面拍了我一下，提示我要过马路了。我意识到不能让对方跑了，然而在我再次回头想要抓住那个女子的时候，发现她已经迅速溜走了，我逆着人群想要看清楚对方所在的方向，但无奈被人群阻挡着，没能再看到对方。

我惊魂未甫地穿过马路后，想要告诉伙伴自己刚才遭遇的事情时，又忽然发现同伴背包的拉链被拉开了。她慌张地检查着包里的物品，一脸严肃地告诉我，她刚买的围巾丢了。

真是又好气又好笑的经历。当时我的口袋里装着我的钱包和护照，多亏自己及时地发现，不然丢了护照和钱包的我，不仅原本的心情会大打折扣，意味着我在这个国家的旅行几乎宣告泡汤。而朋友仔仔细细翻了包，发现除了那条围巾以外，其余的物品都还在。

"这小偷也是，不偷钱包，非偷条不值钱的围巾。"

"可能是看你这个包太破了，人家也懒得去翻了。"

我还记得当时我们两个人在马路上的对话，焦急地检查着自己是否还丢了其他财物，发现一切都在后一副"还好还好"的表情。

也是因为经历了这件事，让原本粗心大意的我们长了教训。不管走到哪里都死死守护着自己的包物，同伴为了防盗，甚至还把那几张大额的纸币塞进了袜子里。

虽然被偷是一件不寻常但又很常见的事情，但当我们以当事人真实经历后，心里还是留下了不好的回忆。

后来跟朋友聊起这件事情，一个同学说自己当年去意大利旅行的时候，就在酒店前台办理入住的间隙，放在自己身后的行李箱，整个被偷走了。后来又是找警察调取监控，又是找酒店问责，一系列程序走下来，整个旅程的体验大大降低。后来她还发誓说，再也不去这个国家旅行了。

旅行向来就是一件带着几丝冒险意味的事情，也是因为当我在旅途中遇见了这样一个又一个的小插曲后，逐渐明白，其实这个世界任何一个角落、任何一个国家都有它不完美的地方。

02

曾经的我一直停留在因为一点点瑕疵，而忽略整个事物的美好的过程中。当我在看到世界的反面后，反而让我更加珍惜这个世界美好与善良的模样。

就比如之前在希腊旅行的时候，我和同伴在雅典的地铁里迷了路。不认识当地文字的我们，像是在丛林里迷路的鹿，四处逡巡却毫无线索。就在我们想着随便选一个方向的时候，通向另一个方向的扶梯上忽然传来一句尖锐的英语——"That way! That way"。我和同伴看向那个方向，只见电梯上有两个妈妈年纪的女士朝我们招手。

大概明白对方应该是看见了刚才在线路指示图前一头雾水的我们，所以才做出了这个举动。我们冲着两位女士大声回应了感谢，看着她们缓缓随着电梯消失在我们视线当中的时候，心头被温暖覆盖。也是因为这个瞬间，让我对希腊这个国家有着特别好的印象。

也比如之前在伊斯坦丁堡坐城市列车的时候，因为当时自己不熟悉线路，也没有提前兑换好零钱，所以在售票机前迟迟买不到票。想要把一张大额的纸币兑换成小额纸币，所以无奈之下，只好厚着脸皮去找陌生人求助。当我鼓起勇气开口的时候，遭遇的大多数是拒绝，抑或对方无法用英语沟通。

而当时有一位女生拍了一下我的肩膀，问我需要帮忙吗，我跟她说因为自己想要坐车，但是没有小额的钱币，没有办法从自动售票机里买票，所以想兑换一些小额的纸币。而那时她身上的钱不够，所以就拜托随行的两位朋友一起帮我凑够了钱，我把那张大额纸币拿给她的时候，心里特别感动。最后在他们的帮助下，我顺利买到了票。拿到票的时候，我对他们说了好几遍谢谢。后来听一个朋友讲，那种大额的纸币，在土耳其是几乎没有人用的，也难怪我去找人兑钱多次碰壁。

03

在欧洲这一年的生活与学习，不断冲击着我对这个世界的认知与观点。曾经的我向往更广阔的世界，觉得它完美无瑕，但当我真正走到更广阔的土地上近距离看这个世界后，我才发现，原来世界从来都不只有一面。

记得当时那位和我一起在荷兰同行的朋友问我，这一年后，对于这个世界的是与非有没有什么新的感悟。我想，现在的世界在我的眼里不再是一个光滑的球，而是变成一颗有棱角的钻石。它的本身充满价值，无论你从哪一个角度哪一个面去看它，它总会呈现出你想要看到的样子。是与非，美好与不美好，温暖与寒冷，更多的时候，是取决于我们自己，取决于我们如何去理解去看待这个世界的眼光。

而面对这个问题，我想包容应该是最终的答案。既看到这颗钻石在暗夜里褪去光芒，变成一颗沉重的石子，也可以懂得欣赏它在光芒之下折射出的闪耀。

后来，在我不小心回忆起自己经历过的那些可能并不美好的记忆时，我的内心变得更加平静。没有了当初的针锋相对，却依旧坚持自己的原则。不去奢求任何人理解自己，也不去奢求这个世界因为我的存在而改变，反而是从自己的内心深处出发，既能看到好的东西，也能因为自己的原则而辨别不好的事物，以此去面对这个纷繁的世界。

Part two

孤独之前是迷茫，孤独之后是成长

途经的那些善意

◆

01

在卡帕多奇亚旅行的时候，自己一个人报了个越野车之旅，当时是旅行的淡季，报名这趟旅行的只有我和一对来自巴基斯坦的夫妇。卡帕多奇亚的气候很干，有着外星球之称的地表外貌，让人仿佛觉得是来到了火星。当我们在山路上飞驰的时候，我忽然开始流鼻血了。尴尬的是，我们全车人都没有带纸巾，司机勉强帮我找到了一块抹布，血很快将这块脏兮兮的抹布给染红了。当时我们已经离出发地有一段距离了，行走在荒山野岭间，根本找不到一个有人可以提供帮助的地方。

就在这个时候，那对夫妇做出了一个让我无比惊讶的举动，他们从自己的衣服上用指甲钳扯下一小块布料，让我先塞住鼻子止血。也不知道是怎么了，无论用什么办法，鼻血就是止不住。司机说唯一的解决办法就是回到出发地，只有那里有可以紧急救助的地方。这对夫妇提出先把我送回去，这让我非常感激，因为这次出行是有时间限制的，如果把我送回去，就意味着对于他们夫妇而言，这趟还没怎么游玩的项目就已经泡汤了一半。

再三确认这对夫妇的想法之后，司机把我们三个人载回了出发点。在临时救助点工作人员的帮助下，我的鼻血终于止住。可能是因为流了太多的血，我的头有点晕。我走出小房间的时候，发现那对夫妇还在等着我，还帮我拿了他们随身携带对于突发状况非常有效的小药箱。我问他们："你们是一直在这里等我，没有回去继续越野车旅行吗？"他们点点头，说是看我一个人出来，年纪又不大的样子，所以担心我会出其他问题。

他们说司机很善良，愿意再免费带我们去旅行一次。但是我当时头晕得剧烈，实在无法继续坚持，就独自回到我的住处了。为了感谢这对夫妇，我留下了他们的联系方式，添加了他们的Facebook，想着在离开之前请他们吃一顿晚餐，表示感谢。

但在我试图联系他们的时候，却被回复说他们已经离开了卡帕多奇亚，继续向南部出发了。这个想要表示感谢的小心愿，最后只能变成了遗憾。来自这对陌生夫妇的善意，却一直被我铭记在了心里。因为当时是我第一次尝试只身去国外旅行，这无疑给我留下了非常好的印象。

Part two
孤独之前是迷茫，孤独之后是成长

当你在最需要别人帮助与关怀的时刻，往往一个温暖的笑容、一张递过来的纸巾，就会给你莫大的力量。可想而知，当我在目睹那对巴基斯坦夫妇扯下一块衣服布料时的心情。虽然并没有立刻止住我不断流下来的鼻血，却在某种程度上给了我安全感。

在陌生的旅途之中，途经这些细节里的美好时，常常会感觉到这个世界的透亮。正因为彼此是陌生人，没有任何羁绊，所以这些纯粹的相助才更显得动人。

02

另一个故事发生在我到俄罗斯的第一天。当天晚上我从芬兰的赫尔辛基转机去莫斯科，因为飞机的延误，加之外国人入境窗口只设置了一个，所以我真正出境后已经是凌晨两点多。我的住处和机场有一定距离，我必须打车才能在这个点儿快速地抵达我的住处。

在到达厅的出口，排了半天也不见有的士过来，所以我只好在附近找那些送客的散车。以往的经验让我不禁担心这些车会不会漫天要价，尤其是对像我这样独自一人也不会说俄语的外国人。所以我做好了准备砍价的态势找了一个站在马路边的司机小哥，对方并不怎么会讲英语，所以我们只好用手机上的计算器作为沟通的方式。

他按出一个数，我摇摇头，然后我重新输入一个数，他又摇摇头。就这样一来二去了好几回合，他终于放弃，对我说了几遍"OK，OK"，接着帮我搬上行李驶向目的地。

在车子上，我把用当地语言书写的地址拿给他看，他在车载导航上输了几个字，冲我点点头。

　　看着他自信满满的样子，我终于踏实下来，想着没过多久应该就可以到达住处，好好休息了。可谁知道，就在车子停靠在目的地的时候，我发现这并不是图片里显示的建筑模样。我用俄语翻译软件告诉他，不是这里，他又用俄语翻译软件告诉我，地图上显示的地址就是这里。我们僵持了一会儿，小哥只好重新导航，按照导航的方向又开去了附近另一个位置。然而，那里依旧不是我预订的住处。

　　翻译软件成为我们唯一可以沟通的方式，然而这样却吃力不讨好，我一度崩溃在车子上。然而小哥却很耐心地一遍又一遍地重新输入导航，发动车子，在相似的地区兜兜转转了三四遍，他用翻译软件很笃定地告诉我，应该就是这附近没错了。他让我再把地址的照片和门牌号给他看看，他嘴巴里嘟囔了几句，像是在记忆那个非常难记的号码，接着告诉我在车上等他一下，他下车去找找再回来。

　　我打了个哈欠，对他说"你去吧去吧"。司机小哥下了车，向前走了几步，我这才发现他的腿脚好像有些不灵便。紧接着，我注视着他的背影在一个个毗邻的楼宇之间流转，在每到一个楼道后，抬起头确认一遍上面的楼牌号。

　　我试图用手机拨打住处联系人的电话，但是拨不通。当我从屏幕上抬起视线寻找司机小哥时，发现他已经消失了。我看着面前空无一人的黑暗和完全没有线索的周围，心里忽然滋生出一些不安。

Part two
孤独之前是迷茫，孤独之后是成长

我回头四处张望，准备下车的时候，看见小哥从后视镜的方向走过来，他冲我激动地点了点头，我看见黑暗中他那一排白牙镶嵌在笑容里。

小哥上车后，用翻译软件告诉我，他看了一下门牌号的规律，认为我的住处应该就是西边的方向，再走一点。他再次发动了车子，朝着西边的方向缓慢开着。我看了一眼手机上的时间，此时已经是四点了，我开玩笑地对他说，应该不需要多久，天就要亮了。

在开了五六分钟后，车子停在了一个相似的住宅区域里。小哥喊我下来，和我一栋一栋地继续找了起来，在大约看到第三栋的时候，终于找到了和图片里一样的门牌号。我们几乎是同时在楼道口吐了一口气，相视一笑。

小哥跑回去帮我从后备厢拖了行李过来，还帮我看着入住说明解决了进入房间的密码问题。当大门打开的那一瞬间，我心里悬着的那块大石头落地了。小哥朝我憨厚地笑笑，然后用翻译软件对我说："实在不好意思，我不常跑这个区域，耽误了你不少的时间。"我摇摇头，说没关系没关系。

其实应该说抱歉的是我，我这个有点难缠的客人肯定耽误了他拉到更多的客人。我想到刚才他下车帮我一个个看楼牌号的样子，有些感动，我在脑袋里飞快搜索着想要表达感激的方式。最后，只能从钱包里再多掏出一些钱作为小费拿给他。小哥看到我的动作摆摆手，我执意给他，他的脸上露出笑容，说了一句俄语，我问他是什么意思。他说是感谢的意思，然后我给了他一个拥抱，也学着刚才他说的,试着用俄语对他表达了一句感谢。

小哥对我说了再见后,转身走去了他的车子,看着他的背影,腿脚有些不灵便,却让我无比感动。

03

我的脑海里总是会浮现出这些陌生人的身影,虽然我已经有些记不住他们的脸庞,也几乎忘记我们当时交谈的内容。每每想起的时刻,身体里似乎还能感受到那熟悉的暖意。

扪心自问,如果我是那位旁观者,看到陌生人突发事故,影响了自己原本的旅程,是否会依旧愿意帮助对方?如果我是那位深夜跑车的司机,是否愿意帮助客人一个个去看门牌号,不怕辛苦和麻烦地安全地把对方送到目的地呢?其实那对巴基斯坦夫妇可以完全不用因为我而改变旅行安排,那位俄罗斯司机也可以直接把我放在一个靠近的地方。这些解决方式对于他们而言,可能更寻常也更简单,但他们选择了相反的,可能会给自己带来麻烦、耽误时间的方式。

这些我在旅途中途经的善意,虽然微小,却像夜空中的星辰,一直照亮着我成长的路途,也感染着我以相同的方式去影响别人。

有时候,爱也需要距离感

◆

01

我和我的父母有着独特的相处模式,即便我身处国外三个月没有跟他们联系,他们仍旧不会刻意来主动打扰我的生活。但我知道他们必定也在牵挂我,所以我的微信朋友圈从来不会刻意屏蔽他们,我妈说让我多更新一些自己的生活,这样让她知道我的生活一切都好。

我小学五年级结束的时候,跳过六年级,直接去了初一,但这个代价就是我必须要去一个很遥远的城市念书,而且是一所全封闭的学校,吃喝拉撒全部在校园里进行。

因为我从小性格有些优柔寡断,所以按照我爸的说法,把我送到那里不仅仅是让我变得独立，更希望我处事能够更加果断一些。还记得刚刚到那所学校的时候，人生地不熟，周遭的同学大多是本地人，操着一口带着浓重口音的普通话，甚至有很多人私底下是不讲普通话的。那时候，我感觉自己像一个误闯入别人领地的小猫，以怯生生的眼光巡视着彼时的世界。

当时我是班上唯一一个外地人，个子矮小，还有点胖，那个年纪的小孩子都比较调皮，他们开始给我起难听的外号，用我听不太懂的方言对我指手画脚。

那时我并不知道什么叫作"校园霸凌"，只知道我似乎不被那么一群人喜欢。当我意识到自己被一群人隔离后，我的生活变得更加艰难。

那时候全班男生都不爱跟我玩，唯独P是个例外，他住在隔壁宿舍，会等我一起去上学，会在我被别人欺负的时候，替我出来解围。不是不想要变勇敢，只是在那个环境下，我无能为力。

P跟我说，不能坐以待毙，要学会反击，但反击并不是一味地只靠拳头解决，还有很多聪明的办法。那时候有个坏孩子王总是捉弄我，我便把他使坏的事情一一记录下来报告给了学校领导，还想办法拿到了监控录像。那个人之前被判过"留校察看"的处分，这下学校只好把他劝退了。

虽然我仍旧不被大部分人喜欢，但至少那之后直到毕业，我的生活终于变得简单和平稳起来。后来觉得我爸的决策是正确的，因为我在那里懂得什么叫作坚强和反抗。

02

我中考的成绩不错,却又要面临转学的尴尬处境,我爸妈拿着我的成绩去另外一所城市最优秀的高中,招生办破格将我录取。那所高中依旧是封闭式的寄宿学校,我依旧继续着每个月只能回家一两天的生活,剩余的一切都在那个小小的校园和宿舍里完成。

高中似乎才真正到了吃苦的年纪。我开始学着自己洗衣服,生病了自己去校医务室打点滴。偶尔我爸会将一些零食和牛奶送到宿舍来,但是宿管大叔根本不允许家长在非开放时间探视自己的小孩,所以每次下晚自习都看不见我爸的身影,只有那宿管办桌子上的一袋零食和一箱牛奶,我一个人默默地提上楼,然后用公用电话给我爸回个电话,说东西已经收到了。

在这所优秀的高中里是一个比一个刻苦的同龄人,因为宿舍里有熄灯时间的规定,所以我们中的大多数人会自己买一个小台灯,然后架在床头继续看书。深夜饿了的时候,就跑去热水房泡一碗方便面,吃完以后继续回到被窝里做卷子。

高三那一年,我由寄宿变成了半走读半寄宿,为了晚上有更多的复习时间,我住在奶奶家。父母偶尔会来看我,但大多是买来一些食物,然后简单地跟我打个招呼,问我最近学习累不累,便又连夜驱车赶回他们所在的城市。

奶奶曾经问我,为什么不多留他们待一会儿,我嘴上说是因为不想他们耽误我学习的时间,其实是怕他们待得太久,我会更加留恋他们。

或许恰好是在这个年纪，我学着彻底告别和父母时刻粘在一起的状态，他们关注我的生活，会给我人生上的指导和建议，但大多时候他们只是一个旁观者，默默地看我兀自生长。

我是享受这种状态的，它带给我充分的自由，让我可以做自己想做的事情，少了很多羁绊。但有时候，我也会去想：他们真的那么在乎我吗？真的像同龄人的父母那样看重自己的小孩吗？

当年填高考志愿的时候，看着其他同学的父母为了孩子一个微小的选择忙前忙后，而我则是一个人赶完了所有的志愿填报大会和咨询大会，一个人把那张表格里所有的选项填满。

这满到溢出来的自由，让我所有的选择不得不由我一个人承担全部的风险。或许这本身就预示着，人生的路总是要自己走，选择也总是要自己来决定。

03

大学的时候，我跑去了一个坐飞机需要三个小时的遥远的南方城市。告别的时候，爸妈送我去机场，我们没有像电视里那样，在分别时和彼此热烈地拥抱，只是淡淡的几句祝福，我便没有回头地离开了。

上大学后，我实现了经济独立，不再需要父母提供给我生活费，也是从那时候开始，我觉得自己真正像一只自由飞翔的鸟儿了。虽然每次打电话的时候，我妈总会问我有没有钱，需不需要给我打一些钱这样的问题，但她知道的，我的答案从来都是拒绝。

我努力去保持各方面的独立，他们对我写作事业上的问题也很少过问，即便我遇到一些棘手的情况，也大多是跟同伴或者同行们寻求指点迷津的方向。我总想把事情最好的一面展示给他们，收敛起这过程中种种的艰辛与不易。就像我的少年时代，生病了、被欺负了，难受一会儿，过后能帮助自己化解的只有自己。

大学跑去横店实习，跟组跟了一个月，因为当时工作太忙，手机经常失联，我爸妈以为我失踪了，就把电话打到了学院的辅导员那里，然后辅导员便发动全年级的同学寻找我的下落。听起来有些夸张，却是真实地发生在我当时的生活中。

当我在横店好不容易和我爸妈联系上后，我第一秒的情绪不是愧疚自己没有通知一声便消失，而是冲他们发了一顿火。原因其实很简单，觉得让全年级的人寻找我的下落是一件让我觉得很丢脸的事情。

我们在电话里吵了一架，我妈甚至说了一堆狠话。然而那一刻我完全不在乎他们想什么，只是为了自己那脆弱的自尊心。可后来我感受到的则是巨大的悔意，它来自于在某一个瞬间，我突然意识到原来他们一直在不动声色地需要着我、关注着我、保护着我。

他们不善言谈，所以他们爱我的方式也是寂静的。

04

我留学的国家与中国有着七小时的时差，所以大多数可以空闲下来跟父母聊聊天的时间都是错开的。说实话，这也顶多是个借口，如果真的想跟他们聊一聊，总能找到时间。

或许就是因为我那偏于逞能的个性，不想做个在羽翼下的家雀，总是想证明我即使在几千公里之外也可以过得很好，不需要担心。爱尔兰刚入夜的时候，国内已经是凌晨入睡的时刻，有的时候我熬夜读论文，在朋友圈里发个什么消息，总是能立刻收到我妈的评论或者回复。

起初我还有些纳闷，问她为什么还没睡，她总说因为自己在熬夜刷剧。久而久之，我渐渐发现这不过是个借口，其实大多时候她反复刷着手机，是在等待远方的我有没有更新一些什么。她偶尔也会催促我更新我的微信公众号，说这样她不用每天跟我打电话、缠着我，就能了解我的生活。

我不能说我与父母之间的这种相处模式是绝对健康的，但它的确给我带来了很多舒适的空间，我内心有一种骄傲的感觉，是他们真正把我当作了一个男人，一个可以独立生活的成年人。

05

这种相处模式的进化，最直接的原因也是我出国前的一次离家出走。

因为一个简单的矛盾，彼时我和我爸开始发生口角，后来变成不可开交的争吵，再后来我索性收拾行李去北京住了几天。我没有告诉他们我的去处，只记得当时我拖着行李硬是要离开的模样斩钉截铁。

在北京的那几天，我彻底保持失联，他们无论是谁打来电话，我都不接，直到第三天我爸给我发来一条很长的短信，向我道歉，我这颗坚硬的心才终于软下来。

听自己的父母说对不起,总是一件让人很难过的事情。

后来,一切风波和矛盾烟消云散的某一天,我在厨房里看着我妈切菜,我妈视线低垂,开始向我唠叨起来。

她说:"你爸觉得特别对不起你。因为你从小到大都特别独立和优秀,没有让父母操什么心,有时候他也会觉得是不是关心你太少了,没有像其他父母那样时时刻刻把你拴在裤腰带上,每次说到这个他都觉得对你挺愧疚的,尤其是那么小就把你送出去念书了。"

那一刻,我的心底其实也充满了大片的愧疚与难过。换个角度想,或许在我不理解他们的时候,他们在另外一个方向,却那么努力地去试图理解我。

在国外的时候,很多人问我为什么不和父母常联系,哪怕一周一个视频电话也可以。

我常常也会问自己同样的问题,倒不是因为懒得去做这些事情,而是那种已经形成的默契的相处模式,我不想去破坏它。

亲情也需要一定的距离感,但这距离不会成为阻碍我爱他们、他们爱我的理由。

找回小时候的那个自己

◆

01

在摩洛哥的时候,司机把我们带去了一个有很多电影曾在那里取景的地方。停下的时候,旁边的咖啡店里有一些欧洲人在喝咖啡,我们站在路边看向远处的土地,那些看起来有些荒芜的土地上长满了高高的植物,风吹过,那些植物就开始跳舞。我和同伴们站在路边,眺望那些摇曳的植物,安静地不讲话。

后来去参观旧城墙的时候,我因为有点难受就没有下车,司机锁了车门,我坐在里面看刚才拍的照片。在一阵窸窸窣窣的声音后,我从后视镜里看见了一位阿拉伯长相的小女孩,扎着卷曲的马尾辫,在车子后面不知道做些什么。

我有点担心小孩子调皮使坏,想要下车检查,却想起司机把车子锁起来了。接着,我就使劲往外看,想要看清楚她到底在做什么。没多久,这个嘴巴里叼着一根草的小姑娘就绕到前面来,在我的眼皮底下。

因为车窗玻璃上贴了纸,外面的人是无法看见里面的,小女孩踮起脚张望了一下,嘴巴里拿出来的草,丢掉又换了一根新的。接着抬起手在车的外面划拉起来,我这下终于明白了她在做什么,她是在划车子!

这让我想起来,我爸的车子曾经被一个小屁孩用钥匙划花过。就在我准备拍窗户,喊她停下来的时候,小姑娘忽然间停了下来,她拍拍手,有尘土在空气中飞腾起来。

在我内心产生了"好像是用手在写一些东西"这样的猜测时,她打量了一下四周,继续叼着那根草蹦蹦跳跳地走开了,嘴巴里似乎还在念叨着什么。我从后视镜里看着她逐渐走远,能瞥见她的手掌黑黢黢的,应该是车子上的灰尘。我万分想要知道她到底在车子上划了什么东西,可惜我没办法下车。

忘记等了多久,我被开车的声音惊醒,发现同伴们随司机就餐结束,回到了车子上。司机小哥问我睡得还好吗,要不要上洗手间。我摇了摇头,他便重新启程,驶向我们的住处。在抵达住处的时候,我才想起来刚才那个小姑娘,我跟司机讲起这件事,他皱了皱眉,说之前就有小孩把自己的车子给划了,害得他重新去上了漆。

司机下车走到我这边一侧，这时我发现，他刚才还蹙起的眉头，忽然间松懈下来，紧接着露出笑容。我看了一眼又覆上一层薄灰，但还是能看清楚的车面，上面貌似是一些阿拉伯文，文字的后面画了一只小鸟。我问司机那是什么意思，小哥笑了笑，说这些字的意思是"快乐"，但是书写有一些小错误。

脑袋里忽然闪现了那个小姑娘的样子，在得知这一串字符的意思是"快乐"时，我的内心一瞬间变得柔软起来。刚才还令我和司机小哥都紧张兮兮的小姑娘，原来只是在布满灰尘的车子上写下了这样一个词语，我们都误解她了。

那天我的脑袋里一直都有那个小姑娘的模样，当我在知道真相后再去回忆当时的画面时，仿佛看到了很久很久以前的某个自己，也看到了在自己灵魂中渐渐流失的童真。当我开始熟练地以大人的眼光看待事物时，我变得机警，开始质疑，却丝毫未曾想过，那其实只是小朋友用手指留下的可爱涂鸦。

后来跟司机小哥聊起这件事，从他口中得知，在摩洛哥有很多贫穷的地方，因为旅游业的开发，在本应该坐在课堂里念书的年纪，很多小朋友却被大人派去给游客们卖纪念品了，他们常常拿着一个篮子，里面装着各式各样的小物什，他们甚至连母语都写不对，却会讲一些简单的英语或者中文。听到这些的时候，我不禁去想那位小姑娘是否是司机小哥口中的某一个，我也不愿意去想，因为在我心里，这是一个残酷的假设，我不想它成为现实。

然而我却无法做出些什么，只有那时候我悄悄拍下来的一段视频还留在手机相册里。再后来,每当我遇到一些复杂的烦恼时,我总会点开那段视频看看。没有理由的,或许那短暂的瞬间里,藏着我渴望的纯净与美好吧。

02

想起公司有一次开运动会,我们部门和另外一个部门被分到了一个看台。

持续了一天的运动会终于在下午五点落下了帷幕。两个部门里的大多数人都收拾收拾包裹准备离开了,我当时在等另外一个同事,所以只能留在那里看着人们窸窸窣窣地走过。我划着手机时,留意到另外那个部门里有个女孩子拿着一个大塑料袋,在弓着腰收垃圾。

人很快走光了,只剩下她和我,我看着她一点一点把看台上每一排留下的空水瓶、零食袋子给收进塑料袋里。看着她捡垃圾的动作,我有点感动,同时有些愧疚。我不禁去想,如果换作我,我是否会像她一样,留下来把大家的垃圾给清扫干净呢?

我也从身上找了一个塑料袋,开始同她一起把看台上的垃圾给捡起来。我问她是部门领导派她把垃圾收拾干净的吗?她摇摇头,说看到大家都着急走,自己接下来没什么安排,就举手之劳把垃圾捡一捡带走。

这一幕让我忽然想起小时候,在学校里开大会,老师会告诉小朋友们要把垃圾捡起来带走,不要留在这里,会破坏环境。那时候的我们,虽然个子不高,也不懂什么大道理,但会弓着身子把自己周围的垃圾捡起来带走。当所有人都这样做的时候,你会觉得这是再普通不过的一件小事，而当一群人中，只有一个人在做这件事情的时候，那种感觉是不同的。

我不由得去想，成为大人的我们整天吆喝着爱护环境，那些口号和道理都懂得不少，可为什么在这样细微的地方，却把眼睛和耳朵都主动捂了起来呢？那些孩提时代的善良和纯真的样子，为什么如今却变得有些冷漠？

那天到最后，我们两个人捡了两大包垃圾，从看台上搬到垃圾桶。其间聊了几句，得知原来对方和我一样，也是今年公司里新进来的员工，刚刚研究生毕业没多久。她讲话的时候总是面带笑容，有不谙世事的感觉。我没有去问她当下的感受，因为我想捡起别人忽视的垃圾这件事对于她而言，或许真的只是她世界里微不足道的一件事。

之后我们并没有什么交集，只是偶尔会在公司的茶水间遇见后微笑打个招呼。但这件小事给我留下了深刻的印象。开完会忘记关掉的会议室投影和照明灯，洗手间里没有关紧的水龙头……这些都提醒着我去关照生活里的每个被别人忽视的小细节，拿出像小时候我们对待这个世界的态度去对待现在的生活。也在不断告诉着我，长大并不意味着失去，而是我们仍旧保有从前的善良与美好，去拥抱新的世界和生活。

03

过去的自己总是在忙着成长为一个合格的大人，能够独当一面，把每一件事都处理得妥帖，为了世俗眼光中的完美而去不断奋斗，甚至苛求自我。然而，在欧洲的这一年时光里，生活和旅途给了我无数这样纯净的时刻，脑袋里没有任何杂念，只是去感受自己所在的当下。似乎也正是因为拥有这样平静柔软的心态，也看到了许多自己似曾相识的人或事。在他们身上，我开始思考自己真正想成为怎样的人，开始学着去做一个温暖单纯的人。

在无数十字路口，我会想起躺在圣三一学院广场草坪上晒太阳的大学生们，会想起在学校图书馆落地窗外分享一个冰激凌的小情侣们。这些瞬间都像是青春的代名词，每当我联想到它们的时候，思绪永远无法和生命中那些沉重的东西产生关联。它们拥有属于青春最美好的意义，是我无数次想要再感受一遍的幸福。

其实生活不只有一面，那一面里我们变成被社会认可的样子，变成自己埋头苦干取得成功的样子。生活还有一面，是我们仍然保留着内心的孩童模样，纯真善良，对这个世界充满希望，永远睁着充满渴望的眼睛。

长大后我们开始给每一件事赋予合理的意义，去条件反射地思考每件事会带来怎样的结果，反而忘了其实很多事情本就没有什么意义，重要的是在那件事中的自己收获了快乐，哪怕这些快乐相比那些伟大的成就而言，是微不足道的。

当我们一点点长大，那些回不去的记忆，逐渐丢失的纯真和善意，开始变得更加珍贵。在永不停息的路上，或许应该停一停，去回忆一下那个曾经会在阳光下狂奔的自己，去找回那个弯着身子捡起每一片落叶和纸屑的自己。

让生活围绕着"喜欢"的事物而奔跑

◆

01

夜里九点,窗外的上海已经下了一整天的雨,可以听见车轮穿过地面积水的声音,我趴在窗户前面,屋子里灰暗,隐约可以看见玻璃反射出的我的轮廓和亮起的手机屏幕。

同一秒,L那边却是晴空万里。视频里,他从悬崖上纵身一跃,接着,像一条灵活的鱼儿钻入水里。淡蓝色的水波淹没他的身体,只能看见一些水花被拍起,像是透明的烟火,在空气中飞舞。

我不知道这是L的第几站,只知道他永远在路上。他去热带岛屿,去寒冷的北极,去阴雨天的米兰,去了很多很多我甚至都从未听说过的地方。我问起他旅行的目的时,他说单纯只是热爱。我看过他拍的一些照片，建议他可以去做个在Instagram上的旅行博主，他说他曾经尝试过，但没有收获多少关注。我研究生学的专业是数字营销，我动用我的毕生所学，给他想了一套实施计划，他只是笑了笑，说他想酷一点。

他说他看到了我前几日发的文章，我写的是关于自己在上海工作的事情，他说他知道那家公司，问我有没有回到欧洲工作的可能。我说没有，他发来一个哭脸的表情，问我不会打算余生都待在一个地方吧。我说当然不，只是现在我是个没有计划的人，非要说出个目的地，大概是等到几年后，当我对那时候所持有的生活产生彻底的厌倦。

他问我上海是什么天气，我拍了一张照片给他，是我房间外湿漉漉的天空，他也回传给我一张照片，是海天交际的一角，远处可以看见飞鸟和船只。

我能感受到他眼前的快乐和我眼前这块四四方方的窗户里装下的，是不一样的。

和L认识是在他打工的汉堡店，L因为不小心帮我点错了单，多送了我一盒鸡翅。因为那家店就在我学校大门转口的一条街上，我经常在下课的时候去光顾，渐渐地和L也就成了朋友。

L是罗马尼亚人，介绍自己的故乡时，他说那里有着全世界都知道的吸血鬼故事，然而孤陋寡闻的我，脑海里确实从未有过关于那座城市的印象。他说没关系，然后特别骄傲地从谷歌上找出自己故乡的百科，孜孜不倦地向我介绍。

我问他为什么离开，他说自己有着不安分的灵魂，没办法在一个地方待很久的时间。从那里成长，所以应该花时间去理解这个世界上更多的地方。

L的生活其实也如他所说的，他两年前来到都柏林，换了很多份工作。每当他工作了一段时间，攒够了钱，就辞职跑去旅行，满世界游荡。他说他喜欢昨天还在餐馆做服务生，今天就来到了欧亚大陆的尽头，明天又将去深海里潜游的生活。他的银行卡里的余额时而充盈，时而拮据，生活的节奏充满未知。

我说我做不到，我是个典型的计划狂。我会给我的人生每一步都安排好它该有的状态和结果，我不允许生活脱离轨道太久，所有的计划都是在为我的生活提供安全感，我不能接受对明天毫无概念和把控的生活。

L说他理解所有人看待生活和经营生活的方式，只是他担心我会把自己弄得很累。

"如果一切都被安排得井井有条，而少了未知和不可控所带来的紧张感，那生活会丧失一些乐趣。"

我是同意L的观点的，只是当你以某种方式度过了很多人生中的时刻后，会发现最难改变的是，你会不由自主去习惯过去的生活方式。

为了避免沉湎于过去的生活状态，我才选择到国外来念书。

"但你要记住，逃避不能成为你选择改变的理由，你必须去真正寻找你感到舒服的事情，让它来充盈你的生活。"

所以，也正是因为这种想法，L把他的生活装进了旅途的背包里。这或许是我无法理解的另外一种生活的极端，但我向往他可以让生活围绕着自己喜欢的事物的勇气。我想，这只是属于少数人，像L这种人的天赋。

02

曾经被灌输过一种思想，让自己喜欢上一件不喜欢的事情，秘诀就是要去培养对于这件事的好奇心和兴趣。

所以很多个曾经的我们，选择了不喜欢的专业或者科系，进入了不喜欢的学校或者工作，最后却要逼着自己在这种"不喜欢"的情景下，去培养对它们的兴趣。或许，靠着灵机一动，抑或某种蛮力，最后能从"不喜欢"变成"胜任"，但为什么不从一开始就去选择自己真正喜欢的事情呢？

现实给出的答案大多是，我们从一开始就选择"喜欢"的底气，也不具备去拒绝"不喜欢"的勇气。被现实裹挟，或者被困穷裹挟，也或者被别人的目光裹挟，总之这些与"喜欢"背道而驰的理由中，很多源自"身不由己"。

这也是我羡慕L的原因，他也有着诸多"身不由己"的理由，但他凭一己之力把这些荆棘化为乌有。

曾经问过他有没有给自己的未来做过打算，他说希望可以在路上遇见一个自己喜欢的人，然后和她去一个他们都喜欢的地方，在那里组建家庭，生一堆小孩。

我说这也大概是很多人梦想中获得归属的方式。他笑笑，说然而只有幸运儿把这个梦想变成了现实。

大多数人在追逐这个梦想之前,追逐了太多与这个梦想并没有太大关联的事情。

03

L曾经约我出去聊天过很多次,但都因为各种奇奇怪怪的理由搁浅了。诸如约着一起去看画展,结果那天我浑身过敏;或者周末去酒吧喝两杯,却遇上大雪的天气。

最终能幸运地和他一起去都柏林的大街小巷逛一逛、聊聊天,竟然已经是我们彼此离开都柏林前的最后一面。

L说昨天是他在汉堡店的最后一个工作日,和所有店员合了影,老板送了他一大包薯条。我问他接下来的打算,他说打算搬去希腊,因为还没有好好探索东欧那一片区域。接着会找一份工作,然后攒点钱继续自己的旅行计划。

他也问我的打算,在我准备开口的时候,他率先猜了起来:留在都柏林,申请一个博士学位,或者在都柏林找一份工作。

我摇摇头,说我也要离开这里,他猜是哪个国家,最后我告诉他,我打算回中国。

他接过我的话茬,说猜我的计划是,回到中国,然后找一份不错的工作,然后成为一个上班族。

我笑着问他是不是特别鄙视这种想法。L很努力地摇头,我好奇地问他为什么会猜到我的计划。

"大多数人的人生轨迹会是这样,尤其是像你这样在圣三一读书的高才生，还记得第一次见你，就是我帮你上错食物的那次，就连吃饭的时间，你都在和你的同伴争论课堂上的东西，当时觉得你一定是那种很热爱学习的书呆子。"

我大笑，然后义正词严地强调自己并不是传统的书呆子。

"但无论如何，别给自己的生活设置太多条条框框，去按照自己喜欢的方式生活，步步为营有时候不一定是好事，你可以按照计划去完成你的人生，但也别让自己太紧绷。"

L那天给我灌输了一番人生感悟和建议之后，就真的彻底离开了爱尔兰。我们并没有做一些很有仪式感的分别，只是发了短消息祝福彼此的生活，便彻底成了Instagram上的网友。

倒是后来有一次，他说他计划过几年去亚洲生活一下，让我推荐几个可以参考的城市，我悉数自己去过的亚洲城市，才发现对于这个问题，我毫无话语权。

L的社交平台上和往常一样，直播着自己所到之处和看过的无限风景。有时候在路上的时间长达两个月之久，当他放缓在社交平台上直播生活的频率时，不用怀疑，那便是他又回归了日常生活，或许是在某个餐厅里又打起了工，开始为他下一次旅程积蓄力量。

04

而我也正如他的猜想，结束了欧洲的学业，回到了自己的祖国，在上海开启新的人生篇章。

生活的本质是一往无前，来不及怀念或者刻意记住某些事物，时间便推着你往前走去。倒时差，看望阔别已久的亲人，然后搬家,奔赴繁忙的招聘,一轮又一轮的面试,成为清晨奔跑的上班族的一员……

偶尔放慢心跳的时刻,便是我打开手机,看着荧幕里的L在地球的某个我不知道的地方,或追逐落日,或跃入海底。

有时候会觉得我们彼此过着完全不同的生活,但后知后觉,其实我们在做的都是眼下,自己觉得是对的事情。生活从来都不会百分之百的完美,也不会百分之百地贴合我们内心的预判和期望。好在,我们都并未因为某些冲突或者不一样,而停下脚步。

其实,那次问L梦想的归宿是什么的时候,我内心的答案和他的几乎一致。或许将来在某一刻,也会因为遇见了一个人,而选择去到一个可以遗忘所有"计划"与"目的"的世间角落,去完成更多与"喜欢"和"爱"相关的事情。

我想,L影响我的并不是让我去改变对人生的看法或者追求,而是让我坚定了让生活朝着自己喜欢的事物去生长。我们不可避免地活在现实,被诸多因素所困扰,步伐放慢,打起寒战。或许眼下正做着与这个理想相互挣扎甚至有些遥远的事情,但内心怀抱着这样的信念,便是一种值得为之而努力的希望。

"时间"和"计划"都不是问题,问题是无论喜欢不喜欢现在的自己,都要让生活因为喜欢的事物而变得充满动力。逃避不能成为我们背弃现实的理由,而是因为那简单的对于"喜欢"的执念,去变得勇敢,去拾起底气,去努力奔跑。

告别过去,是为了更好地迎接未来

◆

01

后知后觉,在收到Rita给我发来的毕业典礼视频时,我才想起来这一天本该是我研究生生涯的最后一天,视频里能看到熟悉的面孔穿着学士服,一一在礼堂的中心接受毕业证书的授予。

那一张单薄的纸在这一天拥有不同凡响的意义,比任何事情都更有分量。我对Rita说:"我很羡慕,也觉得有些遗憾。原因无他,这么神圣的时刻我却缺席了,它是我人生中某个重要的节点,本应当充满仪式感地为上一段旅程打一个宣告完美结束的结。彼时我却坐在办公室的格子间里,手机浏览着朋友们在朋友圈在Instagram上发布的照片,他们一个个笑得特别开心,学士帽被抛向天空的时候，一切都充满标准幸福的意义。"

别人问我为什么不回都柏林参加毕业典礼，我说因为工作不方便请假，加之飞行里程太漫长，不是一件轻松的事情。其实内心还是有一些波动的，毕竟，这大概是最后一次跟学生时代的自己道别。

似乎过往的人生中已经有过太多类似的告别，小学、初中、高中、大学，到如今的研究生，每一次告别都在狂欢中离场，会在结束的时候翻一翻过去的照片，想要把回忆保存在某个地方，却也随着越长越大，时间越来越长而给淡忘了。

之前因为害怕自己承受不了更漫长的校园时光，所以选择了一年制的硕士，到最后结束的时候，竟然又觉得不舍起来。那些在学校图书馆早入晚归的画面还历历在目，研究生自习室宽阔的走廊和永远都是咖喱味的休息室，也在此时的脑海里变得有些惹人怜爱。

从某种已经熟悉了十几年的状态中走出来，去到更广阔的地方翱翔，不是一件那么容易接受的事情。这一点，在很久之前我就给自己打了预防针。只是，人多少还是趋利避害的动物，像我这样有时候善于逃避的人，在走出那个舒适圈后，遇到所有的不安和惶恐，都想要回头看，渴望找到身后某个可以依靠的角落，哪怕只是片刻短暂的休憩。

所以说毕业，与其说是与过去告别，不如说是宣告，新的、陌生的、可能会不安的生活真正要到来了。

02

Rus也在同一个礼拜结束了自己的毕业典礼，只不过他是本科毕业。他是个聪明的小孩，虽然只有十九岁，却已经念完了本科，学大数据的他还在英国的学术期刊上发表过论文。美国一所非常棒的学校给他发了硕博连读的offer，还给了无比丰厚的奖学金。算是同龄人中非常杰出的了，毕业典礼那天还被学校邀请作为优秀毕业生，在所有师生面前发表演讲。

我在社交软件上问他演讲如何，他说不知道该如何评价，教授的表情很微妙，尽管发言的最后还是赢得了所有人激烈的掌声。我问他讲了什么，他说他临场发挥，把那段和艾米莉的故事，加了进去。

所有人以为他会根据自己的学术成就大谈阔论一番，顺便歌颂学校的培养时，他却讲了一个似乎毫不相关的初恋故事。但我喜欢Rus的勇敢，如果换作我，我肯定不敢这样做。

我对Rus说，我觉得你在十九岁的时候，做了一件最酷最不同寻常的事情，就是表达真实的自我。

Rus问我是不是在安慰他，我说不是的，他的消息后面跟了一副失落的emoji表情，我问他是不是有什么心事。

"她最终还是没有来参加我的毕业典礼。"Rus对我说。

Rus口中的女生叫艾米莉，比Rus大了许多岁，具体大多少我忘记了，只记得年龄的距离是让艾米莉无法接受Rus的原因。

Rus是个很单纯的小男生，刚认识他的时候，他会跟我讲他不理解周围的人都不是很喜欢他，就只是因为他是俄罗斯人，从小跟父母移居到了爱尔兰。他的社交平台上，经常会收到陌生人不怀好意的信息，他为此而感到深深的自卑，却也无计可施。

曾经跟Rus去看电影的时候，偶遇过艾米莉一次，能看出来Rus对这个女生的喜欢，那种羞涩的表情只会出现在真正喜欢的人面前。我鼓动Rus去打招呼，但Rus无动于衷，他说艾米莉已经拒绝过他很多次了。

这是Rus的初恋，艾米莉曾经在他受到别人伤害的时候敞开怀抱，给予安慰。这让情窦初开的Rus对她一见钟情，按照Rus的话讲，她让他感受到了温暖，感受到了善良。

Rus像所有校园里懵懂的小男生一样，试图去靠近艾米莉，然而事情却并没有像他想象中那么顺利。艾米莉说他们之间是不可能的，她不是不喜欢他，而是觉得自己并不是真的适合他。艾米莉劝Rus不要再执着了，但Rus似乎骨子里就有一股倔强劲，他以为可以靠着自己的坚持打动对方，但事情的结局是，艾米莉甚至一度封锁了所有联系方式，从Rus的生活里消失。

在消失之前，艾米莉曾经找到我，要我帮忙转达Rus一个消息。她说希望他不要再来找自己了，她没有办法再去做帮Rus长大、教Rus去爱的老师，他需要自己从这所人生的大学里毕业。

后来我隐约理解了艾米莉眼中对Rus的看法，和有些时候我对Rus的感觉竟是相同的。Rus还是个需要经受挫折、自己舔舐伤口而长大的孩子，他不能总是依赖，他需要经历一些拒绝，尤其是自己喜欢的东西却得不到的那种感觉。

虽然这样说起来有些残忍，但每一个刚刚试着去体验"喜欢一个人"的人，都多多少少需要获得一些难过与苦痛。只有这样，我们才能一步步长大，一点点明白，爱并不是一件轻而易举就可以攥在手心里的事情，它需要真诚，需要忍受，也需要学会"放手"。

03

Rus最后给艾米莉的消息，是他发了一张都柏林雪后的街景。都柏林迎来了最近十年内最大的一场雪，所有人都渴望留下这难逢的美景。那时候，艾米莉已经搬离了都柏林，去了爱尔兰的另一座我至今还记不全名的城市。Rus说如果可以，希望艾米莉可以来参加他的毕业典礼，就当是最后一次告别。

那条消息也不知道艾米莉有没有收到，Rus就这样一直期待着对方会在自己的毕业典礼上出现，他甚至还为再次相见而去准备一些措辞，比如看到对方的表情和眼神，要说些什么来打破尴尬。

然而，直到毕业典礼结束后的派对，Rus也没有看到艾米莉的出现。他在毕业典礼上关于初恋的演讲内容倒是博得了一些同伴们的赞许，有人问艾米莉和Rus的故事，也有人关心艾米莉的现状，甚至还有男生鼓励Rus去把艾米莉追回来。Rus不知道该如何回应这些复杂的问题，他眼下只想那个他心心念念的人可以出现在他的面前。

派对举行到很晚，到最后Rus已经醉得不行，去洗手间的走廊里挤满了人，就在他想要穿越人群的时候，忽然有人抓了他的胳膊,然后他听到了一个熟悉的声音,喊了他的名字。

可那个声音的来源,不是艾米莉,而是一个Rus同班的女同学。

除了曾经在一个小组里做过课题,并且在陈述报告环节成为合作伙伴之外,Rus对这个女生的印象并不是很深刻。而就是在Rus尝试去努力回忆起与这个女生之间交集的情节时,这个姑娘向Rus表白了。

她说自己是从大学第三年转学过来后,喜欢上Rus的。有一次Rus作为教授助理在讲台上做演讲的时候,他深深地印在了她的脑海里。在那之后,久久无法离去。

当下的Rus不知道该如何回应这突如其来的表白,即便学术成绩做到拔尖的他,在这个时刻却是败下阵来,他努力在脑袋中组织着语言,思考该如何回应对方。可是还没等他反应过来,女生在他的脸颊上留下一个吻,便逆着人群消失,只留下Rus一个人在拥挤的走廊里不知所措。

当Rus把这个故事告诉我的时候,我正在无聊地翻着朋友们发来的我的毕业典礼现场图片。

我惊讶地问Rus对那个女生是什么感觉,他说不知道,只是觉得这一切都来得太突然了。

"生活中的很多细节和情节,总归要以这种你无法做足准备的方式出现,这才是生活存在的意义。"我给Rus发过去这句话,这之后,我盯着办公桌前的屏幕陷入了平静。

我不知道该如何表达我当下的心情,既觉得不可思议令人惊喜,同时也发自内心地替Rus感到高兴。

我对他说,不完美的初恋也是人生中重要的一课,你必须学着从这些"不完美"中成长并找到自我,爱里你遇到的所有人都在教会你成长,和所有完成大学、念完研究生的我们一样,我们终究有一天,也要在关于"爱"的大学里毕业。

"当你寻找到关于艾米莉,关于那个毕业派对上突然告白的女生的故事结局时,我想便也是你毕业的时刻。"

04

学会告别过去,学会思考该以何种方式去迎接未来,是我们一生中都在持续学习的事情。无论是我们的学业、事业,还是我们对爱的理解。这一切都会始终伴随着我们,伴随着我们每一个人生的环节,从这一站上车,再从下一站上车。人生的大学一个接着一个,大学里的我们也一步接着一步,从入学到毕业,最后长成一个完整的自我。这个自我或许是从前的我们无法想象也无法理解的,但他经历千帆过尽,最终以一种最平静的方式去接受,去理解曾经的自我,以及每个当下的自己。

像对于初恋无法释怀,对于告白不知所措的Rus。也像怀恋校园旧时光,对学着做一个社会中的成年人而感到忐忑不安的我。

生活的故事在过去与未来之间交替,在新与旧之间不断往复。不过令人开心的是,时间总会以某种不知名的方式,默默地推着我们向前走。或许这个行动的过程并没有那么轻松,也没有如想象中风平浪静。但至少，每一个当中的我们，仍旧带着对未来的希望和对过去最真心的祝福。

谁知道接下来的人生中，会不会存在着惊喜呢？就像那个在派对中突然鼓足勇气表白的女生，在这个故事里，我们中有的人是Rus，有的人是那个鼓足勇气的姑娘，也有的人是作为旁观者而感到幸福与希望的我。

人生的旅程中夹杂着无数次开学典礼与毕业典礼，它们预示着过去的终结，也宣告着新的生活。

恭喜Rus，也恭喜我自己。

人生总有一段路，
需要你一个人走

Part three

那些觉得熬不过去的前夜总会过去,第二天的清晨也会伴随着一个更加坚强的自己到来。

Part three

人生总有一段路，需要你一个人走

你可以把错的选择活成对的

01

几乎所有人都不是很理解我为什么会决定毕业回国，大多数人的不理解都构建在爱尔兰对留学生温和的政策之上，在这里硕士毕业可以获得额外的两年毕业签证，让你可以在这里合法工作。当你遇到愿意为你申请工作签证的雇主，那你就可以一直留在这个小岛上工作生活，用不了几年就可以拿到永居身份……

在最初知道这些政策的时候，我也感受到眼前一亮，感觉迷茫的当下有了不少希望。但我还是决定回国，在我开始标准化地回答每一个因此而产生的疑问时，我能感受到大家发自内心的不理解。

当时我还住在都柏林市中心的时候，我基本上都会在一家中国人和马来西亚人开的理发店中理发,老板娘是东北人,我们总是会热情地攀谈,和当时我去东北旅行时,遇到的农家乐大娘一样亲切。有一次聊到毕业后是否留在爱尔兰的话题时,她问我是怎么打算的。我说我要回国,已经订好了九月份的机票。谁知道我话音刚落,大娘立刻说了一句:"小伙你是咋想啊?像你这样的,我还真是很少见。"紧接着手上刚刚还飞快运转的剪刀也随之停了下来,不知道的会以为我们发生了多么严重的争执。

大娘的反应固然激动,但也最质朴,和那些做出微笑的表情,示意"表示理解,也祝我一切好运"的反应不同,反倒给了我一种亲近的感觉。也是那一天之后,我忽然开始质疑起自己的决定,我毅然决定回国是否真的正确,我是否会因此而错失了一个很好的机会,一个让我留在国外的机会。要知道很多人靠着留学这个前提,给自己培植了留下来的土壤,付出的不仅仅是金钱,更重要的是时间。

那时候的我,也基本适应了在都柏林的生活。这我不能否认,在生活了接近一年后,我开始有些喜欢这个城市了。它与生养我的土地有着截然不同的气质,于我而言,我对它有着陌生的好奇感,同时有着作为异乡客的珍惜之情。从初来乍到时,我满腔的孤独与不悦,到现在,我真正开始享受这个城市。这个为期一年的假期,不知不觉就到了转折点。

有点像你着急赶公交去上班或者上学,在公交站你终于等来了那辆巴士,但这时候肚子很饿的你,忽然看到身后的包子铺里刚刚出炉了你最爱吃的大肉包子。你是会转身只需要花点时间买完包子，还是会忍着饥饿跳上车？公交车不等人，选择前者你可能就会错过这一班车，选择后者则意味着你得饿一路。

这个不是很恰当的比喻曾经在我的内心里翻来覆去，我一度找不到正确的方向，但后来有一天，我忽然开窍似的明白，其实无论错过与否，最终我都还是会搭着车子去到我的终点站，区别是我一鼓作气现在上车飞驰，还是耐心地等来下一班。

因为，某种意义上，我必须去到那个可以让我接近梦想，或者说给我底气去实现梦想的地方。而那个地方，也就是我最初出发的地方。

02

最开始，我把这一年视为一场盛大的逃离，我想去做一些我没有做过的，之前也不怎么敢去做的事情。以一种前所未有的姿态去接纳陌生与未知，是我在答卷上郑重其事写下的那个"解"。

如今那些认真"回答"的细节还历历在目。就比如我在学校最大的图书馆里，一直喜欢坐在负一层有天窗的地方。有阳光的时节，光芒会从透明的天花板玻璃上投射下来，照射在我的书本上。也会在久坐时犯困，就趴在电脑前或者书本上，简单休憩一会儿。

也或者，我在研究生自习室无数个深夜收拾书包的时刻，会看到仍旧有一些印度同学留在那里自习，经过讨论室的时候能闻见浓重的咖喱味。我会带着饥饿的肚子一路快步回家，这里深夜的店铺除了酒吧几乎全部关闭，零星的几家快餐店也排起长龙，于是多会在租住的公寓下面那家土耳其烤肉店简单买一个汉堡回家。那个狭小的房间里，我安静地坐在地毯上，啃一口刚买的汉堡时，是我无数深夜里最重要的仪式。

在这些瞬间里，我的电脑里装着无数材料和文献，我的笔记本里写满课堂上生涩难懂的知识点。也是这一个个瞬间的堆积，让我知道从一个毫无相关性的文学专业到市场营销并不是一件简单的事情。这些安静的校园片段，给了我许多勇气，让我去探索我体内蕴藏的可能性。

在布达佩斯旅行的时候，我在旅途中突然生病，高烧一直不退，在临时订了飞回都柏林的机票后，像是烧糊涂了似的，我躺在酒店的床上，开始回忆起这过去的点点滴滴。一切都好像刚刚发生一样。我还能重温到那种快要逼近论文提交日期时的忐忑和烦躁心情。

从前的时候，一直在把所有做决定的时刻往后不断推迟，春天过了，夏天也过了，当秋天来临的时候，我终于发现一切必须要到了尘埃落定的时刻。我没有去移民局再延续签证，我告诫自己要一鼓作气，既然决定了就不再回头。错过也好，失去也好，所有好的坏的，低于预期高于期待的结果统统自己承担。

直到现在我还是有点无法确认当时的那个自己，和从前优柔寡断的自己不同，我终于痛快地学会了告别。

在主题是"告别"的那一个月里，已经数不清经历了多少举杯祝福的时刻，也忘记了说再见时大家的神情是开心还是难过。只清楚的是，这个决定带给我的情绪越发浓重，它像是从远处袭来的浪潮，终于逼迫了我的双脚。

当我的双脚真正感受到凉意的时候，飞机振翅，像一只归途的大雁。

03

直到现在，我似乎还是无法准确地讲出我要回国的理由，也无法证明这个决定的正确与否。但我想，这个决定从一开始就不分正确与错误，它只是给了我人生一个直面自我的机会。

一年前的离开，探险精神中多少带着一些逃避的心态，在这个"逃离"的路途中，我开始研习与自我对话，以一种平缓的心态去正视自己的欲望。从前的那个自己，面对自己想要的东西，会迫不及待不惜一切地去索取，总想着天一亮，就可以抵达终点。现在的自己，在无数次夜归之后，也明白了长街的清冷与灵魂的孤独总会相伴，只要在路上，家里的那盏灯总会出现。

写下这篇文章时，已经是在我回国后的第三个月，那个遇到一些困难就会嚷嚷着放弃，想要休息的男孩如今已经模糊。从最初的逆向的不适应与不安，到现在的在格子间微笑着畅想未来，挤过人潮与地铁。我逐渐意识到，从决定到接纳，再从接纳到适应，并不是一个简单的过程。

有时候还会回忆起，那个在理发店和东北大娘攀谈的午后。她毫不吝啬地分享着自己的故事，她跟着丈夫在十几年前通过劳务输出来到爱尔兰，后来丈夫跟她离婚后回了国，在这片陌生的土地上只剩下了她和一个小儿子。她白手起家，从帮别人打工到自己开起中餐厅，再到现在开了理发店。她一点点变老，生活也一点点变好。

我问她有没有撑不住想要回国的想法，她点头连续说了几遍"有的有的"。

她说当年一天打着两三份工，还要回家照顾生病的儿子，有时候老板甚至还偷偷克扣工资。那时候她还不到三十岁，真想带着小孩一走了之，离开这个陌生的地方回国回老家。她没有想过，日子一下子就过到了今天。

大娘最后仿若是用唱腔似的讲出了这一番话："选择只是给人生一个机会，它没那么多对啊还是错，就算是错的，你也得从这错里面把它活成对的。"

或许就像她说的，或许人生真的没有那么多预设，当下决定好了，那便一腔孤胆地坚持下去。人生再多的不如意，都会触底反弹。

话音刚落，我耳边所有的背景音似乎一瞬间都模糊了，我看着镜子里她娴熟飞快的动作，还有那咧开嘴笑起来身体微微后仰的模样，忽然间觉得从前那个不知道该如何回答的问题，都不再重要了。

在这回国后的三个月，我的眼前不再是生涩难懂的学术论著，天花板也再无阳光投射下来，我开始习惯朝九晚五的生活，带着惺忪的睡眼准时去办公室打卡，开始把那些校园里的旧时光变成怀念,也只是怀念。适应新的生活,就像去年此时我刚刚落地都柏林时的样子。

如果在这个时候,你问我同样的问题,为什么会选择回国。

我想我会回以一个微笑,然后告诉你,因为我不想让这个问题永远只是一个问题。

青春里的阵痛

◆

01

Liam每隔几天会从Instagram上给我发条消息,问我最近过得怎么样。那天上海下了大雨,我面试结束,打车从浦东横穿整个上海回家,我跟他说我这边下了雨,凉飕飕的。他给我发来了一张照片,是他从公寓的阳台外面拍到的夕阳,紫色与明黄交织,美得像绫罗绸缎。

他问我工作怎么样了,我说刚刚结束了长达五个小时的面试,很累,现在只想睡死过去。我反问他,他说很喜欢现在的工作,即便会让人感到疲惫,但是很享受和学生们在一起的时光。

Liam是我在都柏林生活圈子里最好的爱尔兰朋友。这是Liam

Part three
人生总有一段路，需要你一个人走

在日本做英语老师的第三个月，他住在了我帮他选的那三处公寓中向阳的那间，唯一的缺点就是与便利店有些距离，他说没关系，步行的时间就相当于锻炼身体。

也是那段只有十几分钟通往便利店的路程里，他在上一段恋情带来的余痛里，认识了自己一见钟情的人。

我没有多问，只是很开心他在日本很快开始了自己向往的生活，还遇见了让自己感到心动和快乐的人。

而彼时的我，像个刚刚从荆棘中逃出的离群者。

02

从都柏林飞往北京的那九个小时航班里，我一刻都没有合上眼睛。我在海航拥挤的座位里，垮着身体，无精打采地划着眼前的屏幕，在上面看了《十二公民》还有荷兰电影《星运里的错》。

在电影里看到了一些我在荷兰游玩时亲身经历的场景，脑袋里开始浮想联翩，自己原来曾经途经过这么多电影里的美好。

那个向东行驶的夜航里，我的神经始终处于一种紧绷的状态。就像当我在高空飞行穿过黑夜与白昼的交际线时，眼前一下子变成渺无边际的黑暗。那时，我对我所有接下来生活的预判和想象都如同这黑暗一样，没有光亮的方向。

爸妈去北京接的我，我爸开了五个小时的车，在到达口听到他们喊我名字的时候，我循着声音的方向一瞥，看见多了很多皱纹的我爸，还有头发白了许多的我妈。

我有点生气，无理由地生气。生气的原因，不是他们脸上尽管挂着疲惫，却依旧要打着精神，迎接我回国。而是我不想在这个时间的当口，看见他们的衰老。

我试图说服自己些什么，但都无果，我们谁都不能抑制衰老，他们只是在对的年龄做着自然发生的事情。可作为孩子的我，带着对衰老陌生的认知，无法痛快接受这残忍的事实。

这个事实就是，在我还没有觉得自己完全长大时，父母就已经开始真正苍老。

03

回国倒时差的那半个月里，我整晚无眠。白天犯困倒头就睡，半夜的时候醒来，我就躺在我那张小小的床上，看着天花板。时空给我的错置感，是上一秒我还在大西洋边际的岛屿上，感受都柏林的秋意袭来。而下一秒我就回到了故土，听着白日里的蝉声、黑夜里的蛙鸣，辗转失眠。

倒时差的过程中，我发了高烧。家里的退烧药吃光了，我妈跑出去帮我买药，回来的时候买了些水果，有香蕉，有梨子，也有枣。

听见我家防盗门被锁上的那一秒，我仿佛回到了小时候。好不容易挨到假期，我爸开车接我从遥远的学校回家，一回到家就看到我妈做了满满一桌子菜，还有新买来的各式各样、五颜六色的水果。

一切都没变，变的是我们都开始善于回忆起过去，一点小小的线索就能触发起曾经寻常的风景。

Part three
人生总有一段路，需要你一个人走

我对我妈说："我现在身无分文，可能要啃老一段时间，不过我会去努力赚钱的。"

我妈择着韭菜，只是低头笑，临了对我说了句——

"什么啃老不啃老，再老你也是我的儿子，你欠我的多着呢。"

说完那句话的时候，我搓着手里的枣子，看见她黑发里藏起来的白发，鼻子一股酸意。

我妈，真的老了许多。

04

我大概也清楚，眼下的这段时光，是我人生中的低谷。

从前我以为高考前是人生的至暗时刻，后来我发现大学毕业的自己也非常迷茫，到现在我明白，原来那些所谓的坎坷都不算事儿，不过是成长过程中的阵痛。痛的本身就是在愈合伤口，越走越明白先前的颠簸都会在将来某一刻云淡风轻。

可让一个二十岁出头的人，去把每次阵痛都处理得漂亮自如，没那么简单。我似乎唯一能做到的就是，不再声张，默不作声地去吃苦，去忍受未知带来的一切疑虑与落差。

我没有跟爸妈讲眼下的我有多么无助与迷茫。毕业了，没有开始找工作，所有写作事务全部暂停已久，银行卡余额归零，除了那两个从爱尔兰带回来的大箱子，我什么也没有。

我不想把这些令人不安的现状讲述出来，只是像咀嚼一块口香糖似的，不断在嘴巴里牙齿间打磨回味。我也没有勇气把它讲给父母听，我仍然撑着一口气，不想让这个从小到大，在他们面前都无比骄傲和自豪的儿子，竟然会在人生的某个转折点突然就颓下阵来。

那些睡不着的晚上，我开始思考接下来的人生要怎么走。我开始思考我未来的职业规划，我喜欢的行业和我真正热爱的事情。我把每一个关键词一一罗列在纸上，一边百度人们的经验和经历，一边去想眼下的自己要怎么度过这个低沉的阵痛期。

我甚至有想过，买张机票再飞回都柏林，不管怎么样，我可以拿到两年的毕业签，总归能找到一份工作的。但是当我这样想的时候，我才猛地发现，原来当初决定离开后，我就根本没有再去移民局续签。那时候我给自己的心理暗示是——

我一旦做了决定，就再也不回头。

05

不想去让任何人承接我的迷惘与无助，尤其是爱我的人和我爱的人，在我看来是某种成熟的反馈。渐渐地，我发现自己想呈现给他们的是，千帆过尽，忍过疼痛期后，那个镇定而稳重的自己。

同样，那些后悔与惆怅，只允许它们短暂地出现在我对生活的感慨之中，它可以是手机备忘录里一段自言自语的垂头丧气，也可以是一杯热酒后的情绪万千，但它永远不能成为阻挡我继续走向明天的借口。

低调地去迎接成长阵痛和不后悔任何一项决定，是这一年留学生活踏踏实实教会我的道理。

06

我把Liam发给我的那张他窗外的夕阳，保存下来。好几次面试结束回家的路上，我会打开手机相册看看它。

想起Liam曾经跟我说过他向往的生活，平淡简单就好，每天回家可以看见沉入地平线的夕阳，有一个自己喜欢的人，没有在一起也无所谓，如果能在一起那就更好了。

Liam是为了自己喜欢的人，才选择了去日本的工作机会，在他刚到日本的那一个月，却成了他最难过的一个月。因为当他来到日本后，那个他喜欢的人已经嫁给了别人。

每个人的人生都有不同的阵痛期，它反复无常，甚至在充满希望的时候，骤降一场暴风雨。

但我相信，它总会过去的，只要你在一觉醒来后，别再悲伤地回头看。

因为你的眼睛里，值得装下的是美好的风景。

有的时候,世界只是提早给了我们教训

◆

01

在厦门的最后一个冬天起,我开始准备出国需要的雅思考试,考一次的报名费不便宜,想要申请的目标学校所要求的分数又恰巧不低,所以我连续试了几次都未能达成所愿。记得是最后一次考试,前一天我一个人去了南普陀寺,辗转一个下午,我就坐在山头的石头凳子上,看那只雄赳赳、气昂昂的公鸡。它丝毫不畏惧人,我拿了一些谷粒喂它,故意让自己从紧张的情绪中挣脱。

紧接而至的那场考试发挥超常,顺利拿到了申请硕士学校所要求的分数。查分数的那天我赖在床上,看见页面上的数字时差点没有跳起来。

Part three
人生总有一段路，需要你一个人走

仍能回忆起那时心情的开阔，像是终于越过了险疾的高山，眼前是绵延的莽原。一年后，这种回忆里的舒畅，竟都变得奢侈珍贵起来。

我跟朋友说下周的面试是我最看中的一场，是我做梦都想进的公司。

02

接下来的一周，我铆足了力气准备，将公司方方面面的介绍都做了详细的了解，面试前的线上任务也竭尽全力地去完成。我怀抱着莫大的希望和自信最终到了面试的那天，从第一轮压力面试到群面，再到单面，来来回回四五个回合让人筋疲力尽。到最后一轮的时候，我的头忽然开始剧痛，像是有个捣蒜的工具在脑袋里来来回回地捣着，我坚持到最后，从面试现场出来的时候，整个人仿佛被剥了一层皮。

我回到家立刻瘫在床上，睡意很快袭来，我完全不知道是什么时候进入的梦乡，只记得脑袋里，一遍又一遍上演面试的画面，无数张正在说话的嘴和面试官抬眼镜的动作让我在梦境里都几乎要窒息。

醒来的时候，脑袋依旧很沉，我透过窗帘以为已经到了深夜，才发现竟然才十点钟。肚子开始咕咕叫，随便给自己煮了碗面，然后看到群里面同样面试的人发了消息，大家在告别，说着"江湖再见"，说着"祝大家心想事成"，可事实上，我们这十个人的小组里，最终能通过的只有一个人。十进一的比例，让我这个对"残酷"一词没什么概念的人,也竟然觉得恐惧。

但是没办法,这是这个世界成立且合理的法则。

吃完收拾完,已接近十二点,这个时候想要再次进入睡眠变得困难起来,我就四仰八叉地躺在床上,双眼盯着天花板,其间不知道怎么刷到我妈的微信,才发现她之前给我发过一条语音,被我漏听了。

我点开,熟悉的声音,有些沙哑,她问我在干吗,忙不忙。那条消息因为被我不知道是什么原因给漏掉了,所以也一直没有回复。我内心是多少有一些愧疚的,我推测了一下当时她发给我这条消息时,我在做什么,大致回想起那天的记忆。

我从杨浦区打了有史以来最贵的一次车,在一次失败的面试之后。虽然对那家公司并没有抱着多大的热忱,但也竟然很顺利地过关斩将,走到了最终一轮的面试。然而事情的发展并没有像我想象中那么顺利,终面是事业部的最高级别领导,一个短头发很干练的女士。从一进门坐下,我便感受到了气氛的严肃与紧张,在回答完对方提出的几个问题后,我似乎终于有些按捺不住了。一直自信于可以良好管理情绪的自己,终于在几句刺耳的评价后溃守了防线。在我很直接甚至有些强硬地回应过去后,我大概也知道这次面试的结果。面试官最后甚至直接冲着我说了一句:"抱歉,我觉得你不适合我们部门的任何一个职位。"

那句话之后,整个会议室里安静得像太阳刚刚落下的海平面。我带着微笑说了再见,对方甚至没有抬起眼睛来看我,走出会议室的时候，我不觉得难过，反倒有一种舒了一口气的冷静。我安慰自己道，这起码是一件幸运的事情，让我知道了我和这家公司气质不符，也让我知道了我那些以为做得不错的地方，却往往最容易成为暴露出来的缺点。

我没有坐地铁穿越大半个上海回家，而是打了车。透过车窗，我看见上海高架桥边上鳞次栉比的高楼大厦，看见堵得水泄不通的车流，也不小心看见了，开始自我怀疑的自己。

我以为我会不在意对方锋利的评价，但事实上，我的耳边一遍又一遍回放着，耳机里的音乐节奏再快也无法抵挡住那些话语的速度。它们像一把把小刀，顺着风的方向飙向我，飙向丝毫来不及闪躲的我。

我害怕的不是失败，而是失败所带来的自我怀疑。那个曾经充满自信，甚至带着骄傲的自己，一下子不能再被称之为榜样。我不喜欢那种被人看低的感觉。后来我把这次失败归咎为意外，它不足以成为阻挡我前行的荆棘。

那一刻的我，似乎很快就从难过与挫折中找回自己。继续投着简历，继续参加着一个又一个的面试，成为秋招大军中最普通也是最平常的一个灵魂。

03

听完我妈的那条语音后，我的眼前彻底昏暗下来，只剩下窗帘透进来的一点夜光。

我看着天花板，开始自言自语，也不知道在讲什么，像是在跟住在心底的那个小人念睡前故事。念着念着,鼻子竟然酸了起来,我感受到眼眶湿润,吸了吸鼻子,不想让这一时的情绪变得潮湿起来。

想起刚毕业回国的那几个月,我和父母一起去看望外婆,外婆一直在念念叨叨我找工作的事情。在她那一代人眼中,毕业了还没有被分配工作是不可思议的事情,人生岌岌可危。我妈一个劲儿帮我跟外婆解释,她让外婆少说点。她当时跟外婆偷偷说了句:"他压力也很大,所以您还是少说点吧。"这句话刚好被我听到。没有压力都是假话,因为独立得太早,所以当我在家里待了太久之后,那种危机感会不由自主地逼着我想要离开。

尽管父母知道我的不易,但我从来没有在他们面前具体表现出来。这和我从小的个性有关,我不愿意让他们知道我在这个世界面前的脆弱与孤单,千方百计地想要证明自己。

我的思绪被这些琐碎的情节包裹着,像裹着鸡蛋液和面包糠、即将下油炸的肉排。我的内心充满紧张和不安,而那一刻我无人诉说,只能把这些情绪交给空气,或者自说自话。

我回想起从前的自己,有着简历里写的那般从容与骄傲。我常常觉得自己是领先于同龄人的,而且拥有敏感的内心和观察力,这给了我丰富的欲望,也让我备受折磨。似乎也是这骄傲和自信让我一路过关斩将,走到了人生某个新的站点。

所以我比别人更加无法接受自己的平庸,我恐惧被拒绝后的沉寂。在回国前畅想过无数生活继续下去的景色与画面,我希望一切能按照预想中进行。所以当有一点的参差与颠簸出现，都在打击着我心里的那些底气和勇气。

我知道这是不健康的，可在这个节骨眼上，在压力重重的当下，我没有别的办法。所以，这也是朋友建议带我去静安寺走走的原因。当下的我需要某种外在精神力量的化解，如果再一个人憋下去，不知道结局会怎样。

那个夜晚，大概是回国以来最倍感纠结与复杂的深夜。我无法安然入眠，只是不停地絮语，我害怕明日的到来，又不愿意接受结果的宣判。就在这样的犹豫与徘徊之中，我还是闭上了眼睛，跌入了深渊，跌入了水底。等待在第二日阳光普照的时候，慢慢醒来。

04

一直在锻炼自己接受落差的能力，直到后来，我在某个不经意的瞬间意识到，其实有时候某些落差的产生不是因为你不行，能力达不到，而是可能从一开始，当你开始做决定的时候，就忽略了你是否真正适合。

在知道没有通过那家我最理想的公司面试后，我坐在实习公司办公室的工位上发了很久的呆。我划着手机屏幕，不知道该如何安放自己的视线和呼吸。我脑子一片空白，不知道眼下该怎么办，只是在原地，任凭这空白肆意扩张与放大。同事喊我去开会的时候，连续喊了三遍我的名字，我都没有注意到，直到她的手在我面前晃了晃，我才从那空白中找回自己。

我慌里慌张地拿了笔和本子，跟着她去会议室。刚走进门的时候,看了眼手上的东西,才发现原来自己拿的并不是本子,而是卫生纸。同事撕了一页纸给我,然后投以我一个微笑,问我:"还好吗?"我尴尬地也笑了笑,回应她说:"我没关系。"

那天的会议,我几乎一句话也没听进去。领导喊我提出几个创意的时候,我也支支吾吾说不出什么来。其实,那时候,我的脑袋里根本容不下任何其他的事情,我再一次不知道该如何处理自己的情绪。我咬着笔头坐在会议室里,看着同事们讨论时张开闭合的嘴巴,还有领导扶起眼镜的动作,仿佛又回到了面试那天。

一切是那么相似,又是那么不同。

在那一瞬间,我想要真真切切地痛哭出来,因为只有我知道我为了这个结果付出了多大的努力,扛着多大的压力。这个结果不是我想要的,我无法妥善地接受这个落差。然而,我却哭不出来,我只是艰涩地困在那种情景之中,哑口无言,面无表情。

是我抓得太紧了,也是我太渴望了,所以在得不到的时候,会觉得整个世界都变成了灰色。朋友在微信里想着办法安慰我,而我也知道在当下,所有的安慰都起不到作用,不过是拥有一个情绪的出口。

朋友说:"那就痛痛快快地失落吧,大哭也好,暴饮暴食也好,无论你做什么,都不要把这些悲伤的情绪过夜,明天一早起来就不要再感伤也不要再后悔,而是把时间都用来去想接下来该怎么做。"

朋友几乎是用命令的语气对我说了这些话,我关上了手机屏幕，黑色的笔在本子上肆意画着一些我自己都看不懂的记号。领导说散会的那一刻，那支笔终于也跟着停了下来，我像是泄了气的气球在椅子上。

"是啊，我不允许自己把悲伤的情绪留到明天。"

那天从公司打卡下班已经是晚上快九点了，我走路回家，夜晚的上海起了一些雾，我看着宽阔马路的尽头模糊着，又不断有车流和人群走入那氤氲之中。一时间，有些忘却自己的感觉，我感知到了自己在这座城市面前的无力与渺小。

回到家没有胃口吃东西，躺在床上，想要一个人大哭，却发现根本流不出眼泪来。我想，大概是那个睡不着的夜晚，眼泪已经流尽了吧。

05

回国参加秋招找工作的这三个月，大概是我人生迄今为止的谷底。从前的我虽然遇到过各种各样的坎坷，但只要自己认定的事情，总会竭尽全力地去达到。就算一次不行，还有第二次。而这三个月，我却在很多个只有一次有效期的考验中败下阵来。

朋友试图安慰我说，找工作这件事就跟谈恋爱似的，看本事当然也看缘分。我自认为他说得有几分道理，可真要到自己这一关，还是难以痛快地说服自己。我不敢去把原因归咎于我的本事不够，或者我的能力不足。因为当这些自我怀疑出现的时候，它彻底攻击着我人生迄今为止所建立的那些自信心与自尊心。

从小学开始的每一次升学，再到写作事业上的每一个小成就，再到顺利出国念书拿到硕士学位。我的人生常常被别人视为榜样，我大概也是习惯了扮演这种角色，所以一旦人生的某个关键时刻，我没有办法穿戴好这一袭华丽的衣裳时，我会陷入无法自拔的恐慌与哀伤。想起了曾经学到的那篇古文《伤仲永》，虽然用在自己身上不是非常恰当，但到底是不希望同样的结局出现。

所以我尝试着去分析原因，我发现自己竭尽了全力，当然也暴露出来这段时间无法弥补的问题。当我试图去寻找弥补的办法时，我忽然意识到，或许是不是因为从一开始我就没有找到真正"适合"自己的方向，我所谓的"适合"是建立在众人的价值观之上，还是真正因为我自己的热爱？如果是为了追求我所热爱的事物，那我是否又在绕圈子呢？

这一个个问题在我的脑袋里萦绕，带来的副作用就是，我似乎也发现了，一些失败的理由可能恰好就是我那长期以来的优越感和成就感。

这些甜蜜的东西有时候会成为盔甲，但有时候也会让人变成傀儡。在我试图去追根究底的时候，我才真正意识到，当我抛开这些甜蜜的外物时，我本身也是一个普通人，我应该以谦卑的心态去面对我正在面对的一切。

这一切显然不再是自我安慰，它更像是，我在努力朝着这个世界奔跑的时候，也受到了这个世界残酷的耳光，伴随着的是它严厉的教训，让我终于明白一些道理。

朋友后来对我讲过一句话，他说我应该感到幸运，这个世界提早给了我教训，而不是一直甜蜜地宠幸着我。

06

后来也逐渐明白，不让悲伤过夜，是成年人必须学会的本领。当新的一天到来时，收敛起失败带来的所有负面情绪，重新上路。把用来反悔、感慨的时间，统统用来思考下一步该如何做，该怎样去计划，才是我们应该去学习的本领。

二十二岁，当我告别校园，初入这个社会的时候，我感知到了这个世界残酷的一面，它不仅仅是那万里挑一的面试，十进一的残酷抉择。更多的是，作为一个独立的个体，如何去处理失败与阻挠，又如何在这些求而不得之中寻觅到自己真正想要的东西和真正适合自己的东西。

到现在，我已经忘记那个知道自己失败后的夜晚是如何度过的，我大概很久才睡着，而且睡得很轻。第二天我在闹钟叫醒我之前醒来，我的脑袋里仍旧残留着一些陈旧的情绪，但我逼迫着自己不再想起它，我如同往日一样，起床洗漱，吃饭穿衣，然后沿着每日固定的路线去上班。那天清晨，上海仍旧被雾气笼罩着，我的心情和马路一样平坦，没有多余的杂念。

当我度过那暴风雨的第二天后，我坐在电脑前敲下了这漫长的文字，不是为了宣告什么，而是想要庆祝，我成功地度过了最难挨的一日。我不试图让任何人理解这一日对于我的意义，因为这个世界上，我不能奢求任何一个人与我感同身受。我想表达的是，如果现在的你或者将来的你，遇到了同样或者相似的境况，请在那个深夜用尽全力去感伤去释放，也请在第二天像个战士一样坚强。

熟悉的过往的路其实并没有很好走，尤其是在你发现新路不通，不得不回到原路上的时候。不过别担心，也别气馁。当你决定好的时候，当你真正认为脚下是适合而不是迎合的时候，那就继续下去，坚持下去。带着你的不服输和自尊心，再去闯一闯。

到这里，我人生中第一次也是最后一次秋招季，也大抵走到了终点站。结局虽然没有最好，当然也不至于最糟。珍惜眼下的，好好地按着计划走下去，大概也是这三个月给我上的另一节课。

每一次人生的低谷，都是这个世界的一记耳光、一次训斥。我也曾经埋怨过，无解过。不过后来想想，与其这个教训迟到，我更愿意在我年轻气盛的时候去迎接它，因为它如果无法将我打败，使我放弃，那么只会让我更加强大和坚持。

相信我，人生是会触底反弹的

◆

01

收到联合利华的offer时，我正在实习公司的办公桌前啃一个刚刚从全家买来的肉包子。我一边吃一边收拾着桌面，缓慢启动的电脑在输完工号后，弹出来的是我昨天下班时留下来的待办事项。

半个小时后要和广告公司开会，讨论今年年底营销节点的TVC视频创意。我把创意打印出来，在群里再次跟同事们确认了开会时间，然后准备下楼去准备会议室。

每天的小确幸是，经过三十分钟的步行通勤时间后，在全家买一杯热美式咖啡和一个肉包子或者牛肉馅饼。然后急匆匆地坐在工位上，开始享受这得来不易的早餐。第一口总是幸福的，因为它是全新一天开始的象征,最后一口总是无奈的,意味着要开始忙忙碌碌工作了。

在最后一口之前,我的手机显示了一个未知号码,在对方清亮的声音问我"您好,请问您是王宇昆同学吗"的时候,我的肾上腺素飙升,我内心似乎感受到了些什么,我激动地告诉对方,我是王宇昆。紧接着对方恭喜我成功通过了公司的所有面试考核环节,顺利拿到了offer。听完这句话的时候,我几乎是要在那个狭小的工位上跳起来,我压制着激动的心情,反复向对方确认:"这是真的吗?是真的吗?"我听到电话那头的笑声,她告诉我:"没错,你被我们录用了。"

挂断电话的时候,我的手还僵硬地举着那个包子。那剩下的最后一口,和以往的每一次都不同,我感到前所未有的舒畅和快乐。我偷偷塞上了耳机,放了一首歌,然后给了自己三分钟的时间看向窗外。那天是个雾霾天,但我仿佛看见了蓝天、白云。

那三分钟里,仿佛有一种尘埃落定的感觉。像是宣告漫长等待的结束,也像是幸运的回光返照。在那三分钟里,我的脑袋不断回放从回国到现在的将近三个月时间,还有无数场面试时的自己。

三分钟到,我摘下耳机,拿起了笔记本,朝着楼下的会议室走去。

02

我几乎以为自己又一次失败了。求而不得,是这三个月里经常出现在我面前的关键词。得到的不喜欢,喜欢的又得不到。这种尴

Part three
人生总有一段路，需要你一个人走

尬的状态贯穿着我回国后这漫长的秋招。因而，我也开始怀疑是否是自己眼高手低，是否是真的能力不足。

我常常在夜里失眠，失眠的原因不是我的失败，或者我的两手空空，而是我在试图寻找退路时，发现自己的形单影只。记得在面试最频繁的那一周里，我赶了六家公司，其中有一家公司，过五关斩六将到达了最终一轮，却因为面试官的一句"我觉得你身上缺乏我们想要的应届生的那种朝气和热情"而以失败告终，那场面试结束后我坐着穿越大半个上海的地铁回家，在拥挤的人群中我像是罐头里的一颗玉米或是鱼仔，被挤压得变形，喘不过气。那漫长的一个小时车程里，我反复思考着自己是否真的如对方所说，是个缺少朝气和热情的人呢？

我一遍又一遍地问自己，我发现对方说得有些道理，因为在那一周频繁的面试轰炸后，我真的已经精疲力竭。甚至已经懒得去准备，放任自己成为那句"是你的终究是你的，不是你的你强求也得不到"的信徒。

衬衣是最好的证明，那时候我只准备了一件白衬衣，所以每次面试我都会非常小心，不要弄脏它。可事与愿违，在一次早起面试的时候，咖啡不小心溅到了衬衣上，我看见白色中的咖啡渍，一下子兵荒马乱。我飞奔着去那家公司，然后在洗手间用自己迅速百度到的去污渍的一千种方法试图挽回。可终究是没用的，那一刻黔驴技穷的我只好选择接受现实，穿着这件脏衬衣硬着头皮上场。

令我感到惊讶的是，在我带着那样一个不得体的污渍去面试后，公司最后还是发给了我offer。那像是冬日里的春雨，给我一丝安慰。在之后的面试里，我对每一口咖啡都万分小心，现在回想起那时的自己，有一些感动也有一些心酸。

联合利华的终面是我秋招里的最后一站，因为时间撞上，所以我无奈之下只好放弃了另外一家我很喜欢的公司的终面。朋友说，人生就是这样，你必须作出选择，当你什么都想要的时候，其实也是在失去，为了不让自己后悔，我们必须去选择自己最想要的那一个。也是在这一趟旅程即将到达终点站之时，我依旧没有拿到真正让自己满意，让自己觉得"啊，我会毫不犹豫选择它"的答案。

或许也是因为这种仿若站上独木桥的惊险，让我不得不全力以赴。

那时候我有着野心，有着畅想，那就是我一定要拿下这个offer。

03

想起自己在都柏林念研究生的时候，被大家推举为组长带一整个团队去完成一个创业项目，抑或自己在图书馆待到深夜，成为最后一个离开的人，这些琐碎的细节常常给我动力，让我意识到我必须付出百分之二百的努力，才可以抓住这个得来不易的机会。

面试的最后一个环节前，我们被划分为六人一组的小团队，共同为一个品牌的收购项目做调查和建议，从而形成一份报告。没有人知道我为了这个项目做了多少调查，只记得当时主动揽下完成最终报告任务的那天，写完那份中英文报告时已经是凌晨两点。

Part three
人生总有一段路，需要你一个人走

我最后一次校对完报告准备休息的时候，内心忽然崩溃了几秒，没有理由的，只是觉得自己能够坚持到这一步，真的比任何人都害怕失去和失败。没办法，但我必须全力以赴地坚持下去，因为这是我眼下最后的机会。

为了最终面试，我硬生生啃完了《*Case In Point*》（《案例分析*》*）这本咨询行业的入门教科书。把每个商业案例的逻辑框架和分析原则抄写了无数遍，以最笨的办法让自己这个门外汉把这些知识点一个个印在脑袋里。尽管我知道，可能最终面试不一定会用上它们，但当下，这是唯独能让我有安全感的方式。

在真正面试的那天到来前，我已经忘记我准备过了多少个案例，做过了多少次模拟分析，修改了多少遍建议，练习了多少遍自我介绍。

那天我起了个大早，泡了一杯咖啡就赶去了面试现场，耳机里放的歌曲是我离开都柏林回国那个航班上的单曲循环。我看着窗外飞驰而过的风景，忽然有些恍惚，再打开日历一看，原来自己已经离开了那么久。那时候的自己，一定没有想到现在是这副模样，过着这样的生活吧。

一整天的面试，从场景模拟，到小组群面，再到个人全英文案例分析，最后一对一终面，四个环节紧锣密鼓，简单的茶歇后就要赶往下一轮。和组员们相互加油打气，听着大家讲自己的秋招经历。

当听到每个人讲出自己手中已经有了多少个offer的时候，我的确是羡慕的。可羡慕归羡慕,我必须继续负隅前行走自己的路,无论成功失败。

不去比较,是我给自己的定心丸。

那天的面试到第三轮结束后,我清晰地感受到自己的体力已经透支。患有神经性头痛的我,脑袋里仿佛刚刚结束一场原子弹爆炸。强忍着疼痛,去洗手间洗了把脸,其间带领我们面试的HR在外面喊我的名字,朝我开了个玩笑,说我的膀胱有待锻炼。

但神经还是一直像紧绷在弦上的箭,疼痛感让我一度走神,导致在最终一对一面试的时候,听错了面试官的问题。走出面试房间的时候,心里的那个小人不断训斥着我:在那么重要的时刻,怎么可以走神呢?

离开面试酒店之前,和组员们做告别,记得最后对大家说了一句"江湖再见",然后和每个人拥抱。走出酒店的时候,全身如释重负,不去想结果会如何,只是庆幸自己终于熬过了这漫长秋招季节的最后一站。

04

就在我满心期待自己会接到那个来自联合利华的电话时,现实却只给了静音的答复。在听说组员们都陆陆续续收到offer的时候,我的手机却没有任何动静。为了等待那一通电话,我甚至在去洗手间的时候,都把手机放进最靠近自己的口袋里。生怕错过任何一通未知来电,是我最后的倔强。

而就在密集通知offer的那几天里,我始终没有接到电话。几乎是被宣判了结果，又一次与自己想要的结果擦肩而过。记得当时的上海开始降温，下班回家的路上会刮起风，我走着走着好像就要落下眼泪来。我甚至希望自己能哭一场，让这悲伤找到自己的出口。

可最终我只能独自酝酿，然后在无数次自我安慰后，试图转换注意力。看着论坛上一个个报喜的帖子，我关上了屏幕，吃了一片褪黑素，强迫自己睡着。

也不是经不住打击，而是当你很在乎很在乎一件事情的时候，它的结果往往会比以往放大一百倍一万倍。

那天发了篇微博，写了这样一句话："不要让悲伤过夜，要坚强，把难过与后悔的时间都用来想接下去该怎么做。"

我告诫自己，过了这晚，必须像个成年人一样，重新开始，就算再沮丧也要像什么事情都没发生过一样去迎接接下来的生活。于是，第二天我又如同往常一样早起，急匆匆地去上班打卡。

只是那天咬下包子的第一口，却没有了以往的幸福感。

05

后来才得知，因为一些差错，我被最后通知到。

我在电话里告诉朋友我最终还是拿到了offer，电话那头朋友跟我一起狂欢大叫。她开玩笑说，我这个上海男子图鉴，终于可以进入第二集了。那一刻，我似乎才感觉到真正如释重负。

写下这篇文章的时候，我刚刚签完了联合利华的offer协议。

如今，二十二岁的我，在硕士毕业的时刻，终于给漫长的秋招画上了句号。依旧会记得刚回国时为自己的未来而忧心忡忡,因为找不到工作而焦虑失眠的夜晚。也会记得那无数场面试中带着笑容、带着希望的自己。这些瞬间都将成为一个个永恒的符号,镂刻在人生的字典里。

相信我,人生是会触底反弹的。

Part three
人生总有一段路，需要你一个人走

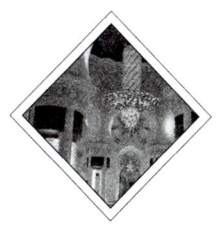

成长意味着你必须去做出选择

◆

01

T是个喜欢安静的男孩，和我一样都是双鱼座，但与我是两个极端。我是那种会把什么事情都规划得很好，喜欢无止境遐想的人，而T不同，他乐于沉浸在浪漫的此刻，懂得珍惜与享受当下的生活。

我喜欢与T相处的时刻，不仅仅是因为我们身上有着许多相似的地方，还因为藏匿在我们彼此皮肤下面的灵感，常常让我们对于某些事物与细节有着几乎同等同时的感知与触觉。

那时候我们一起结伴在希腊旅行，是圣托里尼小岛的旅游淡季，冬日岛屿上刮着冷风，我们好不容易找到一家还没有关门的小饭馆,在那里庆祝我们彼此人生中第一次在国外的旅行。

我们在那里聊人生聊梦想,聊曾经喜欢的人。那也是T第一次讲起自己和舒的故事。

舒和T是从小一起长大的青梅竹马,出生在同一个大院,小学、中学甚至大学都是同一个学校。高考的时候两个人相约要考同一所大学,可是最后上天却给他们出了难题,T优秀的成绩可以上重点大学,而女孩舒却没有发挥好,只能进入省内一所普通的大学。T为了和女孩在一起,偷偷放弃了那个最好的选择,在志愿书上填了和女生同一所学校。他们如愿以偿地在一起了,然后相伴走过了大学四年。

两个人有着相似却互补的个性,几乎很少产生争吵,T总觉得舒就是自己认准的那个人,甚至还一度想过在毕业的时候就向舒求婚。然而平稳又甜蜜的感情生活在遇到人生的转折点时,忽然发生了变数。像茂盛生长的丛林,忽然遇见了一场大火。

舒毕业后打算接受父母的安排,在县城里的一个小学做语文老师。她希望T也可以回到故乡,两个人继续过着像儿时那样相互陪伴的生活。但是那时候的T不愿意妥协,或许是因为看过了外面的世界,他不想在二十几岁的时候就看到了后半生的样子,他不喜欢那种稳定没有任何冒险精神的生活。

两个人因为这件事开始频繁争吵。舒希望T能够收起自己的野心,平平淡淡才是真。T想让舒跟着自己一起去更广阔的世界,两个人一起过更优秀的生活。谁也不愿意妥协,舒不想去承担那些她不想要的风险，T也不愿意自己的人生就这样一成不变。

不知道在争吵过多少次后，两个人终于默许了那个让彼此都心痛的决定——分手。他们仍旧爱着彼此，因为那十几年的相伴是无法轻易从血液里剥离的。但他们也无法继续相守，因为后来的他们明白，爱一个人是给予自由，愿意让对方去追寻自己想要的生活。

在分手的那天，他们像电影情节里那样约定：如果十年后，彼此都没有过上自己想要的生活，却仍旧对这份感情有着执念，他们就重归于好。

T是带着这个诺言离开舒的，没有人知道他们为了这个决定下了多大的狠心，但在现实和理想面前，这似乎是最好的结局。

T的这个故事，是我第一次真实感受到，在我们真正变成大人之前，那些关于现实抉择的遗憾，是如何让我们不得不选择分开，不得不放弃原本曾经奉为真谛的爱情。

在聊起这件往事的时候，T带着遗憾，但他不后悔这个选择。按照他的话说，这份感情中的任何一方做出了妥协或者让步，他们的未来都会建筑在这份遗憾之上，倘若这份牺牲没有按照所想达成所愿，那么这份牺牲或许就变成了一种惩罚。

"我们是没办法幸福的。"T在说出这个答案的时候，我能想象到他之前在心里已经无数遍重复过，而每次重复则撕裂一次伤口。

02

从前的我对这样的故事半信半疑，后来长大一些，成熟一些后，才发现这样的爱情抉择，几乎曾经过我们之中每一个生命。

Y失恋的消息，几乎成为我们部门所有人关心的话题。大家并不是当作八卦来讲，而是真实地关心她。Y为人热情善良，工作也讲求效率，愿意力所能及地去帮助别人。当初大家知道她恋爱后，都抱着祝福的心态，想着这样的好姑娘，终于脱单了。

有点像是嫁女儿的感觉，部门里年长的同事甚至还帮Y好好评价了一下她的新男朋友。两个人热恋期，大家都起哄说什么时候结婚。谁知道，这个曾经在大家眼里都无比看好的男友，却在两个月后变成了大家都痛骂的渣男。

原因很简单，从南方县城一路打拼到上海的Y，在遇到这个有着同样成长轨迹的男孩后，想着一个人在上海的生活终于不再单调孤独了。但并不知道，其实两个人对于未来有着截然相反的规划。

热恋的第二个月，男生竟然向Y提出了结婚，这本来应该是一件让人感到惊喜的事情，却让Y变得忧心忡忡。因为男生提出结婚的请求后，希望女生跟他一起回到老家生活。按照男生的计划，回到老家后，虽然小城市没有大上海的繁华，但再也不用担心能不能买得起房子，再也不用一直租房子，有房有车的生活可以让两个人过得更加幸福。

说实话，Y在男生的劝说下，也曾经有过几秒的动容，她似乎的确被这种可预见的幸福未来给说服了，那样的生活终于不再需要去担心每个月按时上缴的房租，不用去挤上下班拥挤的地铁，她可以开心快乐地装饰属于自己的家。但最终当她在拥挤的二号线上看

Part three
人生总有一段路，需要你一个人走

见一个拖着行李箱和大包小包在人群中摇曳的姑娘时，她还是放弃了那个几秒钟的梦想。

"我那么努力地来到上海，我不能就这么轻易地离开。"这是那一瞬间，Y心里掷地有声的回响。

现在的生活固然颠沛流离，但她仍旧想要在年轻的时候拼一把，在这个偌大的城市里找到自己的一片土壤。她不管别人觉得这个想法现实与否，她内心总有着一股执念，她一定要留下来，她也可以留下来。她想起自己刚来到这座陌生城市时的画面，没有亲人和朋友，拿着一点点微薄的薪水，付完房租后只能靠着速食泡面或者地铁站外面廉价的包子度日。那些日子虽然苦，却像是一种力量，支撑着她不能退后。因为一旦接受了离开这个决定，似乎也就意味着她输了。

然而这个坚定的想法，却让这份她原本以为可以长久走下去的恋情走到了终点。

男生在明白自己的劝说无解后，选择了痛快地离开，他回了那个距离上海有着三小时飞行时间的小城市，同时在Y的微信好友列表和生活里永远消失了。Y为此请了一周的假期，在家里哭了很久很久，同事劝她不要为这样的男人伤心太久，但只有她知道，这份感情她用尽了自己的全身力气。

后来，Y似乎也明白了那些道理。诸如女孩子不能靠别人，不能把希望完全寄托于别人的身上，必须自己努力去创造想要的生活。但是失恋不是一件简单的事情，就算她学着安慰自己，可每每脑袋总会无意识地回放出他们曾经在一起的画面。也是每当这个时候，她发现自己还是爱着对方的。

所以对于这样的结局，最合理的解释，只能归咎于人生的"遗憾"。这种遗憾是，他们无法选择同样的生活和理想，也无法同步为其努力。他们之间势必有一方要做出让步，而不用质疑的是，他们之间谁也无法成为那个放弃的一方。

男生后来曾经打来一个电话，很诚恳地问Y是否愿意跟他在一起，是否愿意跟他在这个小城市一起生活，他会努力创造出她想要的一切，过上他们都满意的生活。但那通电话，Y并没有多说什么，她很坚决地说出了那个否定的答案后挂断了电话。

男生再也没有打过来，这段飞驰而过的恋情也终于成了路尽头遥远的一个黑点，彻底消失在了视野之中。

03

成长本身就是一个充满选择的过程，对于爱情也是如此。我们仍旧爱着彼此过去的模样，却因为彼此心中对未来的模样不同而不得不选择离开。

在听过这一个个相似的故事后，我不禁去想，如果有一方选择了妥协，两个人之间的爱情是否会继续幸福地走下去呢？如果T和Y选择和自己心爱的人，回到老家，他们是否会真的幸福和快乐呢？我无法给出准确的答案，但我想在他们的心中，至少都带着一些不甘愿。但这是否是一个为了爱情而让步的问题呢？在成就自己与成就爱情之间，他们选择了成就自己。

Part three
人生总有一段路，需要你一个人走

或许，在成年人的世界里，一段令人感到舒服的爱情，首先要建立在一个人，拥有一个感到舒服和满足的自我基础之上。

在希腊的那次旅行中，我试着问T，十年后的他是否会去完成十年前与心爱的那个人共同许下的诺言呢？

问完这个问题的时候，T没有回答，他只是默默吃着盘子里的菜。但我想这片刻的沉默，本身已经是一种回答了吧。

其实,有人一直在默默爱着你

◆

01

那天和CC在一家东北菜馆吃饭的时候,想起两年前我们在东北旅行时,在雾凇岛住的那个农家客栈。我们躺在土炕上,嗑瓜子,聊八卦。到了饭点就出去和客栈里的其他客人一起吃地道东北菜。那家客栈的名字叫作"谢家客栈",让人有种穿越进入《乡村爱情》的感觉。客栈里还有KTV,我们一大帮人吃完饭就围着火盆一起唱歌。老板说,得分最高的,可以免费获得明天的晚餐。老板给每个人拿了饮料和瓜子,大家热热闹闹的感觉,让我至今难以忘记。

那个饮料的味道特别独特,听老板说是东北地区特有的,他会给每个来客栈的客人送这种饮料。

从来没有见过这种饮料,想着真有老板说的那么好喝吗,后来没想到这个味道却成了我每每回想起东北往事,就会联想到的味道。

我和CC拿着没有喝完的饮料回屋,我一边喝着一边听CC跟我抱怨。她说她妈刚刚给她发了语音,说她爸投资的那个线上理财公司跑路了,投的十几万全都打水漂了,找不回来了。

CC跟我讲,其实在她爸决定投资之前,她就已经查过了这个公司各种各样的资料。那时候老年人被网上理财软件骗钱的新闻特别多,她再三嘱咐她爸不能信,可没想到她前脚劝完,后脚她爸就把攒了好几年的钱给丢进去了。这十几万对于他们家而言是笔大钱,向来节省的父亲却鬼迷心窍地决定把这笔钱全都拿去投资。CC也明白,父亲和那些被骗的老年人有着同样的心思,被那些夸张的"一夜暴富"理论给蒙蔽了双眼。

当时的我坐在炕上,外面是寒冷与大雪。我试图劝劝CC,可无济于事。她一边埋怨着父亲,一边又无能为力,恨自己没办法改变这个现状。CC不明白为什么原来那个特别聪明的父亲,到了这个年纪却变得愚昧起来,被这种显而易见的骗局给套住。

好像事实也是这样的,不仅对于CC是这样,就连放到我自己身上也如此。小的时候,那个手把手教我们念拼音、学算数的母亲,那个能摆平一切、搞定万难的父亲,好像在自己长大后都变成了自己无法理解的存在,他们的笨拙总是轻而易举地暴露在我们面前,他们变得很容易相信错误和谣言,变得令我们难以理解。

这之间的改变,我们总是找不到答案,就算找到了答案,也只是归咎于那句"变老了,老糊涂了"。

02

CC的故事让我想起发生在自己身上的一个故事。

记得微信开始在老年人中大范围流行时,我妈在微信上被一个卖洗发水的人骗了钱,她瞒着家里人不敢讲,就自己在那里捣鼓,试图想要通过自己的力量把钱要回来。可惜这个小小的软件却给她带来了大大的烦恼。她不知道怎么弄的,把微信密码给搞丢了,她试了一遍又一遍想要找回密码,始终没有成功。

她只好打电话给我。

接到我妈电话的时候,我正在看电影,在电影院里没办法接电话,只好跑出去。我心里一边挂念着自己看不到的剧情,生怕遗漏了重要时刻,一边嘴上帮她讲解着该怎么找回密码。那时候我在南方,她在遥远的北方,教了无数遍后,她还是没有弄好。我妈是个急性子,她一着急我也跟着着急,恨不得我的手有几千公里长,帮她立刻弄好。

也怪我一句不耐烦的话,让电话那头的她一下子挂断了电话。那句"我知道你嫌我笨,我真是白养了你这个儿子"之后,电话那头传来"嘟嘟嘟"的忙音。我举着电话,还没说出口的下一句话悬在半空中。

我好像是说错了什么话,我刚才要是有点耐心就好了,我怎么会变成这个样子啊。诸如这类的自问在电影的后半场，一遍又一遍萦绕在我的心间，盘旋在我的脑袋里。我无法再全神贯注于电影的情节里，反而是希望这漫长的剧情赶快收尾，然后在结束的时候给对方再打过去一个电话。

可事实是，我妈再也没接我电话，就算通了，下一秒也是挂断。后来，听我爸说，因为这个，我妈生了好几天的气。最后密码的找回，是她去拜托小区里一位相熟的阿姨，她家的儿子帮她弄好的。

知道这些后的我，内心是无尽的自责。打电话认错，被我妈教训了一通，才算翻篇。后来听我爸说，我妈总是抱怨自己为什么这么简单的东西，就是学不会。想想之前自己教她怎么发表情、发朋友圈、用视频通话功能时的不耐烦，对我来说可能只是一两句简单的情绪宣泄，对她而言却是一种伤害。

就像小的时候，她一遍又一遍教我学二十六个字母，帮我把一本子写错的算术题用橡皮擦干净。当我长大了，父母却仿佛变成了儿时的那个自己。这个世界很大，这个世界的速度很快，而对于他们，衰老的速度超过了接受新事物的速度，是无可奈何的，所以我们更应当温柔对待他们。

03

对于任何一种方式的成长而言，无论衰老还是长大，本身都是一种改变，这种改变里也蕴含着爱与深情。

后来CC跟我说，母亲偷偷告诉她，当初父亲鬼迷心窍似的非要做那个投资，其实是想帮CC在省会买一所房子作为她的嫁妆。他知道CC在大城市里打拼不容易，所以想替女儿分担一些。也恰好是因为这个心事，理财公司打来电话一通忽悠，让CC的爸爸义无反顾地进了圈套。

CC在知道这件事后，虽然她依旧有点小小的埋怨，埋怨父亲的不明智，但她又因为父亲这种笨拙的爱而感动。电话里的她，对爸爸说她一定努力工作，不让他失望。

之后在东北餐馆和CC见面，CC告诉我她的父亲后来跟着被骗的群众一起追讨，官司打成功了，虽然一时半会儿还见不到被骗走的钱，但这件事也算是有了最好的结局。

不知道为什么，我的脑袋里还有着那一晚CC在刚得知父亲被骗时着急又生气的模样，像极了当初那个对着电话里的母亲不耐烦的自己。那时候的我们，满脑子的不理解，当我们试着站在对方的角度时，却发现原来这些时刻里，其实都是父母在尽他们最大的努力去为我们做些什么。就像CC想的那样，只不过当我们长大变聪明的时候，这些爱却变得陈旧又笨拙了。

想要帮女儿买房置办嫁妆的父亲，想要弄懂微信和儿子聊聊天的母亲，和小的时候，给哭着闹着的女儿买棉花糖，给闹了小别扭闷闷不乐的儿子讲笑话时的他们一模一样。只不过是我们的长大和岁月的摩挲，让他们改变了一种方式。

而这种改变里包裹着的爱，依旧没有变，反而更加浓稠和温暖。

Part three
人生总有一段路，需要你一个人走

那天在东北餐馆和CC吃完饭后，无意间发现老板收银台后面的橱柜上，摆着几罐饮料，我仔细一看，上面印着的名字和自己当初在东北喝到的一样。老板说，这种饮料是东北人回忆里特别的存在，从小喝到大，味道一点都没变，除了东北人，很少有人知道它。

当时隔很久后，再次品尝到这个不起眼的饮料时，那些东北的回忆仿佛疾驶而过的列车一般，我惊讶于流转在舌尖的味道竟然一点都没变。

或许就像这不变的滋味一样，我们身边有很多人，很多事情，其实都没变，只是换了一种方式，或者说是换了一种出现的时机，让我们再次感受到它们。

庆幸的是，后来的我们看见了懂得了这些始终如一的爱。

年轻人总是在第二天清晨,满血复活

◆

01

几乎就是在对白脱口而出的一瞬间,我听见车窗外发出的声响,两辆车子在拥挤的车流之中撞在了一起。发动机随之暂停,我透过后视镜看见那辆车的车主,和我们这辆货车司机的表情如出一辙。司机大哥叹了一口气,对我们说了一句"你们就在车上别动"之后,下了车。

身旁的同事S问我该怎么办,我说不用紧张,应该只是简单的剐蹭,没有伤及人身安全就好说。其实在这个时刻,我的脑袋也几乎是一片空白,我试图安慰着有些慌张的同事,听见她垂头丧气地念叨着:"完蛋了,要是被领导知道了,又要挨批了。"

我对她说不会的，这种事情领导是不会知道的，就算知道了，责任也不在我们身上啊。这是我当下唯一能想到的说辞，然后从背包里拿了一包因为太忙而忘记喝的燕麦牛奶给她。

窗外的雨声很大，噼里啪啦地把人的心情砸出一个个窟窿眼来。我不时看着窗外的情形，那辆车上的司机下来用手机做事故现场取证，车子的灯一直不停地闪烁着，颇有些灾难现场的悲壮感。

让我心慌的不仅是我们在下雨天遇到了车祸事故，更是因为我发现那辆被我们不小心撞上的车是宝马。隐约从淅淅沥沥的雨声中，听见我们的司机和宝马女车主之间的争辩声。听不清他们争辩的内容，但大概能猜到这并不是一件可以被轻松解决的事情。我终于坐不住了，想要下车去解围，但试图打开门的时候，发现刚才司机大哥在下车的时候，把车门给锁住了。

在试了几遍都无法打开门后，我只能看着车窗外一点点被雨打湿的司机背影，不知道为什么，那一刻觉得身处在这种情景下的我们，有点可怜，又有一些令人感动。

大概交涉了一个小时后，司机大哥回到了车上，告诉我们已经通知交警和保险公司过来现场取证了。那位女司机有一点不好说话，言辞上很冲，但他尽力在忍耐。司机大哥把车子停到路边一个装修工地前面，对我们说了声"抱歉"，因为他开车的时候不小心走神，从而发生了这样的事故，耽误了我们的时间。

说完他打电话给自己的领导，电话里汇报工作的时候，能感受到他言语里的紧张。他一遍又一遍说着这是自己的错，无奈的神情和那只一直在方向盘上摩挲的手,让我也为他捏一把汗。

领导果然在电话里把他劈头盖脸地骂了一通,他挂断电话的时候脸上的无奈令人心疼。我和同事一起安慰他,想让他痛痛快快地把情绪释放出来,他给我们的回应却是出人意料的平静。他说错了就是错了,他应该为这个付出代价。

停好车子后,他说让我们再等一会儿,说保险公司和交警已经在路上了,等他们取完证开完单子,就可以送我们回公司了。车门再次被关上的时候,我想要把包里的伞递给他,他摆了摆手,说已经淋湿了就不在乎再湿一点了。

他勉强地挤出了一个笑容,我看着那笑容心里充满心酸。我和同事S彼此看了一眼,没有说话,因为我们都知道,多少安慰的言语也改变不了此刻的心情。

02

事情最初是因为我和同事S外出去做一个明天线下活动的现场准备。五六个小时前,我们带着物料出发,送我们过去的是公司的一辆物流车,司机本身已经下班了,但是因为人员不够,临时被他的领导安排来送我们去活动现场,并帮助我们运输物料。

我们能理解已经下班又被叫去加班的心情,所以在听见司机大哥的抱怨时也没有讲什么。期间聊天的时候,得知这位看起来有些年纪的司机大哥其实很年轻,还不满三十岁。我们彼此猜测着年纪,车厢里充满欢声笑语。

"像我们这种没有学历、没有文化的人就只能做这种苦力的活,每天一大早就起来上班,开着车子满世界地去送货、卸货,出了一点岔子还要被领导批评,批评完了还得扣工资。我记得我有一次因为送货迟到,被公司一个很大的客户投诉到了领导那里,结果我那一天的工资就被扣没了。"聊着聊着,司机大哥就开始讲起自己的故事,他似乎很擅长给别人分享他过往的经历。

"现在没有文化、没有学历的人一点点要被淘汰了,我是真的羡慕像你们这样有头脑的人啊,我们一个月还没有你们一个星期的薪水高。"等红灯的时候,他开始说起自己从江苏农村老家一个人跑来上海打工的经历,虽然讲起话来磕磕巴巴,但我们也都耐心听着。

因为我知道,这样可以丰富而痛快地表达自己的机会对于他日常忙碌的生活而言,可能并不多。

车子穿过一条条马路,车窗外是不断闪过的高楼大厦,我一边听着司机大哥讲着自己的故事,一边看着那些写字楼里亮起的灯,忽然觉得自己像是走进了电影里,那些讲述着奋斗者主题的电影。

忽然间觉得我们每个人参与这个世界的方式是那么不同,这些不同之中又带着各自奇妙的情节。那些精致写字楼里的上班族和那些每日奔波在城市公路上的司机,他们过着不同的生活吗?或许答案是不假思索的肯定。但在某一瞬间,我又觉得这些灵魂其实是相同的。

因为对于这些角色中的任何一个人而言,在这个城市里的每一秒,都是为了跳脱出过去,想要追逐更好的生活。

03

在等待交警和保险公司来到的间隙,我和同事S就安静地坐在车厢里,我们不停刷着公司部门的微信群,统一好口径说我们已经在回公司的路上了。

我关上手机看着窗外正在焦急等待的司机,用手指擦了擦玻璃上的雾气。听见同事S对我说了一句话。她说:"你应该没有想到自己会在做这样的工作吧?"

"怎么忽然问我这个?"我的手悬在空中,头转向她。

"我当初以为你会做两三天就辞职的,当初部门里来了一个也是留学回来的,985高校毕业的女生,待了不到一周,实在受不了了,就立刻辞职走人了。你知道吗,你的资历比她优秀更多,所以我们都觉得你应该也会待几天就离开的,因为这里确实没有想象中那么好。"同事S给我讲着部门之前的故事,她似乎一直纠结的点就是我竟然选择了进入这家公司。

"其实你可以选择更好的。"S喝着我刚才拿给她的燕麦牛奶,缓缓地说着,"我刚刚毕业进来的时候,领导上来就给我安排了一项特别艰巨的任务,让我一个新人挑大梁去做,我用尽了全力想要把那个项目做好,可是现实是,最后被我搞得一团糟,领导因此在部门大会上公开批评我,那次会议后我就决定辞职了,当时我都已经写好辞呈了,花了一个下午写的,字字句句斟酌了不下十遍。"

"然后呢,辞职没成功?"我追问道。

Part three
人生总有一段路，需要你一个人走

"就在我已经准备好拿着辞呈去敲领导办公室大门的时候，发现那天下午领导出差了，所以我只能等到第二天再去递交。谁知道，我辗转反侧难以入眠的那个晚上过去之后，第二天早上我如往常一样起一大早，去赶地铁挤电梯到公司打卡，在我坐到工位上，啃了一口我装了一路的包子时，我忽然觉得之前发生的一切好像都不算什么。"

燕麦牛奶里的吸管发出咝咝的声音，是喝完的信号。

"然后我就一直干着，把这份工作做到了现在。"

其实S戳中了我的心事，这份工作和我之前想象的的确不一样，曾经的我也在快乐与否这个判断之中游离，有过无数次想要逃避的心态，但或许就像她说的那样，当第二天太阳照常升起的时候，我又会觉得从前的一切都不过如此。在这之前，我一直怀疑自己无法真正坚持下来，我试图一次又一次试探自己忍耐的临界值，但后来发现，其实对于大多数时刻想要放弃的自己而言，都是情绪的一时冲动。

"在无数次想要离职的想法之后，我发现其实自己也在进步，领导和同事也逐渐认可了我的能力。或许就是这些原因让我一直坚持到了现在。换句话说，有一万次想要放弃，就会发现又有一万零一次想要重新再来。因为我总是不愿意认输，不想服气。"S说自己的故事时，雨声变得更大了。我仿佛也从她的这些话里得到了一些感召，像是一种对当下自我的启示。

在又过了半个多小时的等待后，保险公司和交警终于赶来了现场，在一系列拍照取证后，这场小车祸带来的事故也算暂时化解。司机大哥打开门的时候，脸上终于有了一些笑容，告诉我们一切都解决好了，现在可以重新上路回公司了。

那一刻，我们所有人都如释重负似的。

或许只有共同经历了这样人生中不多的险境时刻，才会发现彼此身上善良的细节。

为了安慰大哥，因为是他加班配合我们的工作，所以我们决定回公司后请他去吃碗面。当我们三个人收拾好东西，饥肠辘辘地赶去面馆时，我们留意到大哥在给妻子发语音。

他跟妻子解释了自己晚下班的理由，然后和视频那头的小儿子说了句"爸爸马上就回家给你讲故事"。放下手机的他，狼吞虎咽地把面前的那碗面吃完，笑嘻嘻地对我们说完抱歉又说谢谢。

那时已经是夜里快要十点了，司机大哥提出要送我们两个人回家。但是我们都委婉地拒绝了，因为相比把我们送回去，我们更想他能早一点在这大雨中赶回家，去陪陪他的妻子和孩子。

04

无论是我和同事S，还是这位辛苦奔波的司机大哥，我想我们都是相似的。无论眼下的生活有多么难挨，经历过多少无法平息的时刻，尽管有着抱怨，但还是忍耐着跨过了生活安排给我们的一处处荆棘。

在大城市里的年轻人们，大多拥有相似的经历，在这万象世界前无数次崩溃，但又无数次揉着惺忪的睡眼起床，朝着自己想要的生活奔跑。因为我们知道，那些觉得熬不过去的前夜总会过去，第二天的清晨也会伴随着一个更加坚强的自己到来。

后来的我们，在长大的同时，也学会了处理和修饰自己的情绪，那些在昨天哭泣和难过的我们，都被珍藏在了回忆里。因为我们知道，生活继续下去的动力，永远不是停留在过去，而是因为明天那个笑嘻嘻的自己。

就像这个发生了车祸的夜晚过去后，第二天我和同事S又如往常一样上班，坐着那位司机大哥的车去往活动现场开始新一天的工作。

在路上的我们，仿佛什么都没有发生一样，眼前只有新的方向。

二十二岁,我一个人在路上

◆

01

从会议室开完公司新年TVC视频会议出来时,发现上海下了雪。这虽然已经不是上海这个冬天的第一场雪,却让我想起了去年差不多同样的时候,在都柏林遇见的那场盛大初雪。

但因为当时生了一场漫长的病,所以心情并不愉快。记得那天我一个人去医院取检验报告,忘记看天气预报的我,偶遇半路的鹅毛大雪。虽然出生在北方,但那次的大雪的确是我见到过的最大的一次。大雪逆着我行走的方向,我没带伞,全身很快被淋湿,找到一家小商店,然后在屋檐下躲避了一会儿,但大雪依旧没有要停下来的态势。记得当时自己的心情,一边担心着检测结果,一边看着

Part three
人生总有一段路，需要你一个人走

眼前白茫茫的世界。既无心欣赏这眼前的美景，又想要在这少有的时刻里多多驻足一会儿。

我不喜欢雨天，却对雪天有着别样的情感。记得高中时，住在奶奶家，冬天早起的时候，在雪中骑行，地面上湿漉漉的，有时候还会结冰。有一次在上学的路上，车子轮胎打滑，一下子摔在了马路正中央，刚换的新校服上全是泥点子。在众人的注目礼下，我拍拍身上的脏水，然后把车子推起来，发现车链子掉了，于是就推了一路到学校。但也和平常无异，带着这邋遢的一身在学校里待了一天，像什么也没发生一样。像是条件反射似的，后来下雪的天气总会回忆起这件事。

我站在办公室外面的窗户前看着飘飞的雪花发了好久的呆，手里的咖啡已经凉得差不多了。看着正在过马路的一个个撑伞的人，好像也因为这场雪放慢了步子。我在想，他们是否也会像我一样，想要慢一点，静静地看看这美好的雪呢？

当舌尖触碰到咖啡杯里已经微凉的咖啡时，才猛地回过神来。跟广告公司的同事们打好了招呼，目送他们进了电梯。最后寒暄的时候，对方公司一位总是笑嘻嘻的女生忽然问我今年多大了。对方在得知我是1996年出生后，忽然"啧啧"了两声，发出"现在1996年的小朋友都开始上班了哦，让我们这些老油条怎么办哦"的感慨。

大概是广告公司今天来发表创意的时候，被我挑了太多刺，所以才会被这位女生给记住吧。告别后，我给对方发了条微信，说了些类似"辛苦了,请加油"的话。

在最后看了一眼那漫天飞舞的雪花后,我的脑袋里又跑出来了刚才那位女生感慨的话。也好像正是因为那句话,加上公司电子屏幕上显示出来的2019倒计时的画面,让我才真切地感受到。

"啊!原来二十二岁都要这么过去了。"

02

冬天某种意义上也是在酝酿着各式各样的离别。

那天收拾东西的时候,发现一个不怎么爱收集旧物的自己,竟然保留了当初去爱尔兰、离开爱尔兰,还有来到上海的机票。因为这些旧物,开始理解为什么有的人喜欢收集它们,我想除了藏在脑袋里面的记忆,这些物件是唯一可以证明那些回忆的东西吧。当我看到这一张张被折叠被揉搓过的机票,也好像想起了当时的那个自己。在不同时刻里的自己,也带着不同的情感。

在挪威的奥斯陆旅行时,我一个人在城市里徒步穿梭。下了雨,我躲在一个像是马戏团似的帐篷里看室外电影。旁边的建筑里有一棵人造树,树上贴满了便利贴,每张便利贴上写着各式各样的文字。

当时印象深刻的一张上写着:"这个世界上有很多很多的国家,护照是让这些国家之间边境消失的最好证明。"看到这句话的时候,全身的毛孔仿佛一下子都张开了。

后来回国后,总是没事就把抽屉里的护照拿出来看。想起自己为了申根签而准备繁杂材料的时候,也想起自己为了英国签证而

Part three
人生总有一段路，需要你一个人走

花的那些冤枉钱。护照变得斑驳起来，每一页上的签证都像一本本图书的封面，隐秘地收藏着自己在每个国度每一片土地上的回忆。也因此，开始怀念去年此时的自己，可以有着闲适的时间计划着全世界飞的旅行，可以满怀期待地憧憬自己会在他乡遇见的下一个陌生人。

我给那时的自己贴了一个形象的比喻——"一只短暂离群飞翔的鸟"。因为这偏离轨道的季节，所以品尝了心灵自由的甘甜。之前看到过一句很流行的话，说"一切都是最好的安排"。没有多少烦恼的生活，节奏像溪流般缓慢。转念一想，到现在的人生中，是否有哪段时间，真正是活在当下，享受现在的生活？现在终于有了明朗的答案，我会毫不犹豫地说，就是去年此时。

想起很久前的自己，一直强加给自己忙碌的外壳。忙碌，不能停歇，才是证明自己旺盛活着的证据。而这一年的自由飞翔，在穿越无数边境线的上空时，看见了这个世界的庞大与瑰丽后，终于明白其实证明自己在努力地活着，不止有一种方式。

在这个拥抱山河的世界面前，我看到了自己的渺小。时而认为灵魂需要获得陪伴，时而觉得独立的灵魂应当与孤独妥帖相处。

与爱情的短暂相拥，再到擦肩而过，听过无数关于爱情里遗憾和成全的故事。在朋友家烤火的时候，房东夫妇相依偎着看无聊的歌唱节目。火炉里飞舞的火星和簌簌的声响，让我感动于爱情质朴的样子。

也看到过孤独绽放的灵魂，目睹一个人也可以把生活过出诗意来。我的第二个房东家有一只上了年纪的狗。房东奶奶至今未婚,和那只狗相依为命。有一次狗不知道怎么忽然生病了,老奶奶照顾了它一晚上,在傍晚的时候一边弹吉他,一边呼喊小狗的名字。

我的世界因为这些关于爱,或者关于孤独的时刻而变得广阔起来。对于未来充满希望,这希望也不再仅仅局限于眼下仅有的选择。或者说,看到这个世界后,我也看到了自己的渺小。明白这个世界的广阔后,我也更加热爱自由。

无论是一个人,还是沐浴在爱里。我想我们总会找到最舒服的方式,去面对世界,或者说,面对内心的自己。

03

一个人开始独居生活总离不开搬家、找房子这个翻来覆去的过程。去爱尔兰是人生第一次自己租房子,很幸运地找到了在市中心的一座房子。在都柏林,租房是一件很贵的事情,当时我住的房子非常拥挤,六个人蜗居在一个小小的公寓里,共用一个厨房和洗手间。这六个人中,除了我们三个房客外还有房东一家子。

寄住在别人的屋檐下,难免会有摩擦或者矛盾,也曾经想过明天就搬走,却恰恰因为这些摩擦,更加懂得了如何处理人际关系,学会去包容别人也约束自己。房东一家子中的父亲是最早那批来爱尔兰做劳务的工人,在都柏林辛辛苦苦打拼了十年,终于把一家子给接了过来。房东的妈妈是安徽人,做得一手好菜,有时候会叫我一起吃。房东的爸爸是个喜欢喝酒的人,但是家里除了我就没有男生了,所以总是会拉着我陪他喝两杯。

Part three
人生总有一段路，需要你一个人走

虽然无法体会到完全像自己家中的那般温暖，但作为无亲无故的房客，也的确在一些细节上感受到了来自房东父母的善意。比如，春天的时候，都柏林的租金忽然大涨，但是房东叔叔没有涨我们的房租，他说看我们都是穷苦的学生，他也是做父亲的人，能够理解一个人在异国他乡的不容易。也比如，有一次我得了场大病，在床上躺了一天，房东的妈妈竟然做了一碗鸡蛋面给我，还拿出了她自己从国内带回来的蒲公英让我泡水喝。

这一段租房子经历在我心中是五味杂陈的，因为它既有美好的一面，也有让人觉得不能理解的地方。在我搬离那里的最后一晚，我用厨房给自己准备了一顿丰盛的告别晚餐，然后把自己买的礼物放上写下祝福的卡片，送给房东一家。

那间小屋子里收纳了我太多太多的回忆，从刚到都柏林第一晚好不容易找到地址，然后在没有床垫、被子的情况下凑合了一晚上。到在这里住的最后一晚，看着衣橱柜子变成了最开始的模样，空空荡荡的房间又让我开始舍不得起来。我撕下了贴在墙上的那张激励自己的话，上面写着"be yourself（做你自己）"。

在都柏林的第二个房子，搬去了郊区，住进了一个爱尔兰老奶奶家中。当时我已经快要离开都柏林，本来打算住在另一处的，但就在临搬进去的时候，订单被房主取消了。多亏了当时另外一位室友的介绍，我才找到这位老奶奶的房子。她以很便宜的价格租给了我，这让当时身上没剩多少钱的我非常感动。

至今印象最深的还是老奶奶讲自己的故事，还有她那个精心修剪过的花园。我和她的小狗经常在院子里玩耍，我丢出去球，然后看着狗狗把球叼回来，是我们一起度过阳光午后的方式。在离开的时候，老奶奶送给了我一句话，她说"每个人都是一座孤岛"。这句话一直被我记着，仿佛也是我在国外租房独居生活的一句总结。

在外面一个人生活，让我学会了如何一个人相处，尤其是在国外那些寂静又有些无聊的时刻。寻找能够填充生活的方法，或许是一个人去展览馆看看那些不怎么懂的后现代艺术，或者一个人去公园里喂喂鸽子，抑或去商场漫无目的地逛买自己喜欢吃的烧鸭饭回家……

二十二岁，一个人在路上，大多数时光是让自己学会一个人可以生活得很好。而我想生活得好的前提就是，培养一种平和的心态去面对每一天，但同时又不失去热情。

04

现在的我，从都柏林搬来了上海，依旧是一座陌生的城市，依旧是一个人在生活。当我尝试着用在都柏林培养的心境去面对这崭新的生活时，我忽然发现，原来生活的相似性，更重要的是生活在其中的我们自己。

在全新的生活中去延续自己的同时，也再相遇许多"重逢"。曾经因为一些别扭而不欢而散的旧友，重新在风雨之后出现在了自己的生活里。我们喜欢回忆之前相处的点滴，在那些犯傻的故事里，咀嚼青春的味道。

我们的身边总有一些人走来，同时又有一些人离开。就像在我

Part three
人生总有一段路，需要你一个人走

离开都柏林的最后一个月，我们这些中国留学生一起举杯憧憬着美好的未来，憧憬着重逢一样。人生的这个旅程中，每一次告别都是在酝酿着下一次更好的相遇。

二十二岁，像是一次漫长的列车旅行，翻越弯曲的道路后又回到了原点。但不同的是，当双眼在收获了世界的斑斓和曾经擦肩而过的她与他之后，这原点又变得和曾经不再相同。当原点变成新的起点，是生活的另一种味道，也是二十二岁，在即将落下帷幕时，最美好的结局。

冬天象征着告别，也意味着重新开始。当下的我，试图再去翻开那些旧时的回忆时，忽然发现那些刻骨铭心的东西越发深入骨髓，那些温柔的岁月也随着时间逐渐羽化着边缘。我想这是在提醒着我，是时候去做一次郑重其事的告别了。

现在的我，轻轻合上这本回忆的纪念册，把它小心翼翼地塞进那个装满书的架子上……

告别了校园的二十二岁，仍旧保留着对于青春的美好追求。

告别了初恋的二十二岁，仍旧对于爱有着执着的渴望。

从陌生的城市到另一个陌生城市的二十二岁，依旧一个人在路上。